關於運動，我想的其實是……

方祖涵 著

目錄

推薦序

我們的幸福時光

何榮幸

有很長一段時間，我的看球人生拒絕再往前踏出一步。因為，我心目中最美好的NBA歲月，停留在上世紀八〇年代「魔術強森vs.大鳥博德」經典對決。而在「阿格西vs.山普拉斯」組合走入歷史後，任何網球對戰於我皆已索然無味。

運動文學也是一樣。當年看完劉大任的《強悍而美麗》，以及普立茲獎得主霍伯斯坦所寫的《隊友情深：MLB紅襪四人組的最後擊掌》之後，頓時覺得抵達了某個里程碑，運動文學的閱讀開始停滯，不太相信還能看到如此精彩的作品。

還好，我並沒有真的關上門窗，以致錯過當前的美好時光。

慢慢打開心防，重新在球場上尋找感動的力量，讓我看到了非常不一樣的風景。在NBA場上，籃球之神喬丹之後，「黑曼巴」布萊恩與「小皇帝」詹姆斯引領風騷，新科MVP「咖哩小子」柯瑞則是當紅炸子雞，你可以說當代巨星之間的對抗還不夠經典，但不能不承認他們已塑造出具有獨特風格的NBA新風貌。

來到網球場上，「費德勒vs.納達爾」的史詩般對峙，張力不下於網球史上任何一組顛鋒對決。我敬佩費德勒的揮灑自如、從容優雅，卻更愛納達爾的拚戰鬥志、狂野奔放。值得慶幸的是，我沒有因為封存「阿格西vs.山普拉斯」的珍貴記憶，從而矮化甚至錯失了「費德勒vs.納達爾」的歷史鏡頭。

至於運動文學，這些年來，我們看到唐諾書寫NBA、楊照觀察MLB，而後出現詹偉雄的《球手之美學》，各家之言百花齊放。對於台灣各類球迷與運動文學喜好者來說，方祖涵這本《關於運動，我想的其實是……》無疑是最新驚喜，我們已經太久沒看到置身全球最大運動市場、從台灣人觀點出發、零距離書寫各種人生故事的精彩作品了。

從方祖涵在報紙發表專欄文章開始，我就是他的忠實讀者。我擔任《天下雜誌》「獨立評論」網站主編後，更邀請方祖涵擔任固定作者，承蒙他爽快答應。過去一年半，我遂從「忠實讀者」晉身為「第一讀者」，每兩週定期收到他的佳作，在上線刊登前率先感受每篇文章流露的球場人生喜怒哀樂。

方祖涵的文字有種魔力。從大眾耳熟能詳的各類運動英雄，到連資深球迷都未必知曉的球場小角色，他都有辦法說出令人耳目一新的故事，道盡其中百轉千折的人生起伏，因而散發出一種非常特殊的感染力，讓讀者看完後回味無窮，忍不住與現實人生印證比對。

很多人說，美式運動文化的精髓，在於運動與生活融為一體。當我在臉書上看到，方祖涵帶著家人完成七天六夜、七座球場、一千五百公里的MLB春訓之旅，再看看他在臉書上的自我介紹：「負責統計與財務分析的資深行政副總裁，剩下的時間忙著運動，旅行，寫作，還有胡思亂想。」終於恍然大悟，深深感受到這種生硬數字與人性生活相互背反卻又緊密交織的生命型態，才是方祖涵說故事能力背後最重要的魔法師。

其實，八〇年代台灣還沒有NBA實況轉播，我腦海中的「魔術強森vs.大鳥博德」經典對決，都是球賽已經結束好幾天的延後播出。往事固然單純美好，但多半具有過度美化的成分，如同方祖涵在本書中傳遞的想法：不必特別追尋美好的往日時光，每個人記憶中的美好時光都不一樣，而當下正是最美好的時光。

經典不必復刻，新世代自有其生命力；史詩不必重現，新時代自有無限可能。

球場如此，人生亦然。謝謝方祖涵和他的魔力文字，為當前我們共同擁有的幸福時光留下如此動人的印記。

（本文作者為《天下雜誌》總主筆，球迷兼運動文學書寫者）

推薦序

當我們討論運動，我們討論的是什麼？

馮光遠

瑞蒙．卡佛（Raymond Carver）有個短篇〈當我們討論愛情，我們討論的是什麼〉（what we talk about when we talk about love），這短篇的題目，換幾個字，就成了多年前我跟祖涵聚會的題目了，「當我們討論運動，我們討論的是什麼」？

嗯，真的不知道討論的是什麼，因為，我們絕對不只是討論運動而已。

這就是祖涵這種運動作家有趣的地方，他好似在寫運動，可是他的思緒並沒有完全灌注在運動員、運動場上，他思來想去的，是搖滾樂，是階級問題，是兩個城市對待運動截然不同的態度，是的，我講的是〈謝亞球場的最後一首歌〉這一篇讓我看著看著就進入時光隧道的寫作。

上個世紀八〇年代，我在美國的第一個十年，我過的生活，其實就是祖涵這本書裡所描繪的生活，幾乎都與運動有關，尤其是棒球；而運動，又幾乎都與文化有關，是的，尤其是棒球。

閱讀這本書的樂趣也就在這裡，因為就算是寫到運動迷最計較的輸贏，祖涵談的，依舊是充滿了數據、歷史、風格、甚至文學元素的輸贏。在華人的運動寫作裡，像祖涵這樣的作家，鳳毛麟角。

我記得，接觸美國的運動寫作，其實是從《紐約時報》的體育版開始，然後，當第一扇窗子開啟之後，你就完全擋不住陽光了。影響我最大的一本運動寫作，是唐納德・霍爾（Donald Hall）的《Fathers Playing Catch with Sons》，這本主要是由談棒球的短文集結而成的書，讓我看到美國作家他們如何把文化元素融入運動，而這本書的書名，在祖涵講到巨人隊投手林瑟康與父親克里斯之間的關係時，也馬上映入腦海。

如果一名讀者平常就對運動文化有涉獵，看這本書會比較有收穫，因為很多名詞是有意義的。比方說，〈我們活在大數據時代〉這篇，祖涵寫英國近幾年也開始重視足球大數據時，他提到「魔球」兩個字，如果你讀過麥可．路易士的那本棒球新聖經《魔球》，你會更懂他的意思，因為你知道，英國在踢足球這麼多年之後，其球員、教練、經營者、球評、甚至球迷，終於也要走上從數據開始下腳的這條路了。

祖涵年歲小我一輪，可是因為興趣接近，搖滾、棒球、NBA、社會運動，在我們僅有的幾次聚會裡，都談得很盡興，《關於運動，我想的其實是……》一次收集他近些年的運動文章，我必須說，這本書的寫作概念，才是比較接近我書架上其他運動書的寫作概念。尤其是多篇與「球迷」、「運動結構」、「家庭」、「媒體」相關的主題，都是目前台灣運動寫作比較受人忽視，可是卻應該大力提倡的一些方向，因為這樣的運動寫作，觸碰的，才是所有運動最本質的一個面向——人生。

所以，關於運動，我想的其實跟祖涵挺接近。尤其是因為我是紐約大都會隊的球迷，一九八六年對我是有意義的，謝爾球場對我是有意義的，而祖涵講這兩件事，能夠與建築、搖滾寫在一起，對我，也是有意義的。

自序

一九九五年春天，大學四年級的我，在南陽街的留學補習班工作。GRE（一般研究所）、GMAT（商學研究所）都考完，可是對於未來，只是更感到迷惘。念了四年的新聞完全不適合自己，會計行銷我什麼都不會，接下來應該要怎麼辦呢？

那時，芝加哥白襪隊有一個小聯盟選手，已經三十多歲，在2A層級的打擊率只有兩成出頭，因為職棒罷工的緣故，終於決定放棄棒球夢，「我回來了，」籃球之神喬丹豪氣宣告重返NBA。

還記得當年的激動心情，不僅因為又可以看到喬丹打籃球的英姿，而是體悟到連他都可以嘗試未知的棒球路，連他都可以失敗，我，又有什麼好怕的呢？

到了美國以後，發現自己雖然可以在考試拿高分，頂著GMAT榜首的名號，在台灣學的英文其實在這裡一點也派不上用場。教授上課一半的東西聽不懂，回家念書到半夜功課還是趕不完，每天壓力大到想哭。

那時，洛杉磯道奇隊有一位日籍投手野茂英雄，頂著背叛日職的惡名，毅然移籍美國大聯盟。看著他在球場上，辛苦跟捕手比手畫腳溝通的過程，我一下子覺得釋然。不只是野茂，還有那些台灣到日本打球的前輩，身為外籍球員剛開始一句話都不會說，不但需要面對一等一的打者，又有來自其他球員的競爭，如此的困難，比坐在教室裡搞懂資產報表簡單多了，我，又有什麼好抱怨的呢？

商學院畢業，剛好遇到網路泡沫崩盤的黑暗年代，外籍學生的工作機會幾乎消失殆盡。想到大部分學費是爸媽辛苦工作存下來的積蓄，想到對自己未來的期望，不免覺得惆悵。

那時，學校在印第安那州，溜馬隊是州裡少數職業球隊之一，有一天電視重播幾年前的那場季後賽，比賽剩下十八．七秒，紐約尼克隊領先六分，麥迪遜花園廣場的滿座觀眾，已經開始慶祝溜馬隊的失敗……接下來的畫面，是溜馬後衛瑞吉．米勒十一秒內拿下八分，最後一刻逆轉比賽。幾個月後，在學生簽證即將到期的前幾天，我找到一家馬里蘭州的公司，他們雖然不懂贊助外籍學生綠卡的規定，卻願意給我機會嘗試，沒過幾年，我已經是這家公司的行政副總裁。

就這樣，從運動的世界裡，我找到一個一個讓自己繼續前進的寓言故事。國外生活難免遭遇令人難受的歧視，從非裔ＮＢＡ球員穆騰博的身上，我學到別人不卑不亢的回應態度；工作時候偶爾遇到升遷的困難，想到無數在小聯盟等待機會的球員，我變得更有耐性。經歷波士頓馬拉松的悲劇、九一一恐怖事件帶來的衝擊，我在運動場上看到團結復甦的力量；而像是得失之間的煎熬、對待生命的態度，我也從運動員的故事裡，得到新的體會。

很幸運地，這些年裡，我有機會在專欄的空間，和讀者分享來自運動世界的寓言故事。對我自己來說，這本書是一段恆久的成長紀錄，希望書裡的故事，能夠帶給大家一些生活的力量。

感謝焦桐老師的報導文學課，開啟我新聞寫作的見識；感謝合作二十年的編輯夥伴們，尤其是精通棒球的晏山農；感謝許許多多的選手，在運動場上盡力燃燒，帶來我們生活的曙光；更要感謝這些年來陪我一起看比賽的太太、女兒和家人朋友們，如果沒有你們的陪伴，一切都沒有意義了，這是我從許多寓言故事裡，學到最重要的一課。

1 美好的往日時光

伍迪・艾倫的《午夜巴黎》拿到二〇一二年奧斯卡最佳原著劇本獎。故事裡的男主角是劇作家，一心嚮往一九二〇年代的巴黎，那個作家海明威、費茲傑羅、畫家畢卡索、作曲家波特齊聚一堂創作的黃金年代。有一天，他的夢想成真，

神奇的黑色私房車把他帶到近百年前的巴黎，遇見心儀的創作者。

所有事情都如想像中那般美好，直到有一天，他在一九二〇年相戀的女友，把兩個人帶回再三十年前，因為工業革命，一切都美好勃發的法國黃金時期。他們漫步到紅磨坊，遇到羅特列克、高更、竇加等幾位印象派大畫家，那正是她魂牽夢縈的過去，於是決定留下，不回去了。在那一刻，他才體悟到，原來，每個人都有自己夢幻的往日時光。

你知道嗎？其實，我們正活在屬於自己的美好往日裡。

不管今天是多麼辛勞或苦澀，有一天，我們會回想起現在的這一刻，為時光的稍縱即逝感到惆悵。說真的，與其到那時才覺得今天的所有都是那麼美好，不如從現在就開始微笑。

這些美好的往日時光

I wish there was a way to know you're in the good old days... before you've actually left them.

—Andy Bernard

煙火在「鐵道騎士隊」賓州史寬頓的球場升起，滿場觀眾癡癡入神，抬頭看著。夏夜棒球場的火花燦爛像是雨後乍現的彩虹一樣，不管這輩子親眼目睹過多少次，不管當下的健康工作婚姻家庭學業讓人快樂還是悲傷，有緣享受這個片刻的人，都很難不打從心底微笑。跟平常稍微不同的是，在五月四日這天，王建民所屬的洋基小聯盟球隊其實並不在史寬頓的主場比賽。這一天，球場湧進的是來自美國各地的粉絲，來和陪伴他們很多年的紙業公司說再見。

位於史寬頓的敦德．米夫林紙業，在二〇〇五年開幕，二〇一三年結束營業，堪稱是史上最環保的製紙公司，從來沒有一棵樹在他們造紙的過程中倒下。不過，當然是因為這家公司其實並不存在，只是美國ＮＢＣ電視網的職場情境喜劇影集《辦公室瘋雲》的虛構場景。這個影集從英國的ＢＢＣ電視台移植到美國，由史提夫．卡爾主演，九年以來一直很受觀眾的歡迎，也多次得到艾美獎和金球獎肯定。在史寬頓當地，敦德．米夫林紙業的

一敦德．米夫林紙業公司人物搖頭娃娃。這是一家根本不存在的公司。

旗幟四處飄揚，連市長的辦公室和市政廳的外面都有，可見當地民眾對這個影集的成功也是與有榮焉。

大家都知道這家公司並不存在，真要說起來，加州聖費爾南多谷的一個小攝影棚才是這個影集場景的所在地。可是人們還是瘋狂地湧進史寬頓，來向這段虛構的歷史致意。與其說看戲的是傻子，或許，大家其實是向自己經歷過的年華道別。九年是一段不短的時間，隨著節目的播出，時光逐漸地流逝，有人成家立業，有人轉換跑道，有人戀愛，有人失戀，有些人進入我們的生命，有些人離開，而不管各自的旅程是如何，我們都不是當年的我們了。

二〇〇五年，史提夫．卡爾只是一個C咖喜劇演員，這個影集開始了他的喜劇天王生涯。這個影集開播一個月之後，王建民在大聯盟洋基隊首度先發，七局的投球沒有拿下勝投，連一次三振也沒有，誰也不知道當年球季他能夠拿到八勝，隔年還竟然能夠奪下美國聯盟的勝投王。《辦公室瘋雲》九季下來一共演了兩百零一集，王建民迄今大小聯盟出賽也一共兩百多場，而過了這麼多年以後，史提夫．卡爾同整個劇組在史寬頓的棒球場向觀眾道別，王建民也在同一個地方面對自己職棒生涯的轉捩點。這些人這些事，伴著日換星移，都跟我們喜淚交雜的過往編織在一起。

「我真希望這世上有個辦法，讓我們可以知道我們正在那些『美好的往日』裡面——在我們從那些日子離開之前。」這是劇中人物安迪．柏納在劇集的終語。播出的瞬間，北美的推特網站湧進了這段話的轉載。原來，我們一直在那美好的往日裡啊。不管當下的健康工作婚姻家庭學業值得快樂還是悲傷，在未來的某一天，我們會遙想當年，想到我們的今天，想到那雨後乍現的彩虹，或是夏夜棒球場的煙火，想到現在身邊陪伴我們的人，或許，我們應該在今天就先開始微笑。

跟夢想只差一天的距離

一九九五年三月，匹茲堡海盜隊的春季訓練在南方訓練基地展開。這年的春季訓練比以往更加嚴酷，通常，受邀參加春訓至多是四、五十名球員，去競爭球季開始的二十五個名額。可是這回一下子來了一百一十二個選手。換句話說，以往是二選一的機會，現在變成四選一。

可是在球場裡，沒有傳來任何一句抱怨聲，因為這些球員都知道，這或許是他們一輩子最接近大聯盟的一刻了。大家埋頭苦練著，開訓兩個星期以後，八十個選手陸續被淘汰，剩下的三十二個球員進入葡萄柚聯盟，參加球隊間正式的熱身賽。

在棒球場上，所謂的「工具人」（Utility Player）是可以擔任很多不同守備位置的多功能球員，這樣說的話，這三十二名選手都算是很好的工具人，對於他們的功能性，還真要好好介紹一下才行：

先發游擊手巴士比（Wayne Busby）曾經在白襪隊的小聯盟系統待過，進入春訓之前，他的工作剛好在佛羅里達的布萊登頓，也就是訓練基地的所在地，他在那裡的麵包工廠，負責包裝做好的麵包。巴士比不是唯一本地的選手，另外有一個在海盜隊健身房，負責修理影印機的技師，是先前打包回家的八十個球員之一；另外，投手郎吉（Scott Runge）沒有投球的時候，在附近幫別人安裝櫥櫃賺錢。

為了參加春訓，捕手杜克（Doug Duke）向醫學院請假，他和球速很快的投手艾佛斯（Troy Evers）有比其他球員更好的默契——艾佛斯的工作是護士；快腿的先發中外野手米契爾（Tommy Mitchell）放下在百貨公司裡，經常要飛奔去抓扒手的工作；二壘手畢斯利（Tony Beasley）原本是伐木工人。

在上一個球季正式結束之前，所有大聯盟的球員，跟球隊農場系統下全部的小聯盟球員都因為罷工而放假去了。生氣的球團老闆們一想，山不轉路轉，棒球誰不會打啊，幹嘛一定要找那些愛罷工的？為了對抗罷工的威脅，他們決定招募不受工會規範的選手來比賽，就這樣，一九九五年的大聯盟春訓，許多不在職棒體系的各路好漢齊聚一堂，有機會重溫棒球夢。

海盜隊春訓球賽外野草皮區

這天，站在投手丘上的是在球團紀錄裡二十八歲的新人。他知道自己不再年輕，虛報年紀的他，其實已經三十二歲。大學裡默默投了幾年，因為不在棒球名校的緣故，沒有吸引太多球探的注意。可是他天生愛投球，還是決定要走棒球這條路，也註定此生成為棒球浪人的命運。

流浪的前一站，是在一個遙遠的島嶼，有一個白髮怪人跑來美國把他找去打球，薪水是一千美金一個月，跟在麥當勞打工差不多。後來才知道，在那個職棒聯盟裡，外籍球員正常的薪水加上暗盤，通常是四千美金的行情，可是他不在乎，因為只想要有一個地方，可以證明自己能投球。

結果他真的做到了。在完整的球季裡，他創下單一球季兩百次三振的紀錄。這個紀錄高懸十年，才被誠泰隊的年輕左腕林英傑超過。同時，在球隊裡，他同時保持單季最多勝投、最低防禦率，還有，最多救援的紀錄（最多勝投兼最多救援，通常在漫畫裡才會出現的情節）。這位投手的名字是Will Flynt，報紙上稱他是「救世主威爾」。白髮怪人是俊國熊隊的老闆陳一平，以一千美金月薪簽下中職史上最好的左投手，是他瘋狂的代表作之一。

一九九五年初，因為真的受不了球團老闆陳一平的欺負，威爾離開了俊國熊隊，他當然希望能夠留在台灣打球，可是因為球隊之間的「默契」，其他球隊不能夠收留，於是只好黯然返美。就在這個絕妙的時間點，因為罷工的緣故，威爾被選進海盜隊的春訓營，豐富的實戰經驗，更讓他在馬戲班等級的替代球員間輕易脫穎而出，鐵定會留在開季二十五位球員名單裡。再過幾天，球隊即將回到匹茲堡的三河球場，球季就要開始了。

一九九五年四月二號，是棒球浪人威爾一輩子跟大聯盟最近的一刻，那是正式球季開打的前一天。就在這天，工會跟聯盟的律師終於達成勞資協議，所有替代球員像是壞掉的拖鞋一樣，馬上被趕出春訓營，護士回到醫院，麵包師傅回去做麵包，而威爾，只有繼續流浪。

後來的十年，大部分的時間，威爾在獨立聯盟跟墨西哥聯盟出賽，一年兩百局的投球對他來說是家常便飯。他曾經回到台灣加入兄弟象隊，不過卻帶著滿腔怒氣離開，他一直到後來，還是覺得兄弟隊欠他說好的薪水，「不要臉的小偷，」在電話上，威爾生氣地說。他也曾經加入日本職棒的近鐵隊，那年春訓，近鐵的監督梨田昌孝對媒體擔保威爾是十勝級的超強投手。可是一整年球季，他只有在一軍出賽一場，投了三分之一局。

「沒上過大聯盟，你有遺憾嗎？」我問。

他說：「哼，大聯盟算什麼，我知道我投得不比他們差。」

聽中廣職棒轉播的年代裡，收音機裡的錢定遠在威爾出賽的時候，都會一直興奮地重複他名字的諧音，

「Well, Well, Well…」

「真的不想要上大聯盟嗎？Well，Well，Well……」我在心裡這樣想著。可是不管怎麼說，每當看見威爾的電子郵件帳號，我都會覺得感動。對這個棒球浪人來說，留下最多回憶的時刻，竟然是一千美金月薪的那一年。時間過了這麼久，他的郵件帳號始終是Jungo27，記念那已經消失的球隊，消失的背號，跟他最愛的棒球。

這些在罷工期間參加春訓的非工會球員，有不少還是回到職棒體系，最後終於登上大聯盟。像是洋基隊的史賓賽（Shane Spencer），紅襪隊的米勒（Kevin Millar），他們不但變成知名的球星，甚至還替球隊拿下世界大賽的冠軍。曾經在味全龍隊效力的投手史東（Joe Strong），也在替代球員登上大聯盟的名單裡。

諷刺的是，因為這些球員曾經違害工會的罷工行動，工會決定不讓他們加入。造成的實質影響是很多需要工會核准的商業行為，像是紀念品跟球衣的販賣，球隊都需要排除這些前替代球員，甚至連棒球電玩，這幾十位球員都不准出現，設計電動玩具的廠商，只好用虛構的人物，來替代這些球員。

冰與火的友情

馬克安諾把球拋起，身體彎出完美弧線，像是一張拉到飽滿的弓，接著，跟地平線垂直的左手順勢抬起，在球甫從最高點下墜的瞬間重壓擊出。已經分不出形狀的黃色物體極速飛越球網，落到發球區中線的頂點。

柏格踉蹌向左邊移動幾步，只來得及把球用反手輕觸一下，眼睜睜看它滾出界外。他的金髮在空中搖曳，雖然丟了第一盤比賽，還是絲毫不失網壇貴族王子的英俊風範。

網球場一盤比賽的輸贏沒有那麼重要，重要的是最後一盤的比賽，在全世界，這兩個人最知道這個道理。史上公認最精采的戰役，就是之前他們打到搶七的溫布敦決戰：首度打進冠軍賽的馬克安諾，第四盤在落後情況下苦苦追趕，柏格曾經有七次機會只差一球就結束比賽，馬克安諾卻一次一次把分數救回來，最後竟然逆轉扳平。眼看氣數已盡的柏格卻在下一盤比賽，用幾次精采的發球贏得冠軍。那是一九八〇年的倫敦，在溫布敦球場上拚戰的，是廿四歲冷峻如冰的金髮柏格，與他的宿敵，廿一歲瘋狂如火的棕髮馬克安諾。

可是這回不同了，柏格臉上多些笑容，馬克安諾也不再對裁判大吼大叫。剩下的兩盤比賽，柏格顯然失去逆轉比賽的動力，馬克安諾輕鬆獲勝。畢竟，經過喜怒哀樂的卅年，這已經是二〇一〇年的波士頓，在退休球員的系列賽場上玩耍的，是五十四歲過盡千帆的金髮柏格，和他的好朋友，五十一歲冷靜詼諧的灰髮馬克安諾。

兩個人的交情從一九七九年開始，馬克安諾剛開始職業生涯不久，就因為在場上摔球拍，跟裁判爭執之類的暴走現象惡名遠播。他們在紐奧良的比賽對上，馬克安諾再度失控，於是世界排名第一的偶像球星柏格把他拉到一旁說：「嘿，這只是一場遊戲，放輕鬆點。」

結果那天馬克安諾不但真的靜下心來，還打贏了柏格。個性脾氣、身家背景截然不同的兩個人，從此展開亦敵亦友的交情。兩個人互相擊敗對方，加起來共拿下十八次的大滿貫賽事冠軍，在世界第一的排名也彼消此長，隨時有被對方取代的機會，直到柏格在廿六歲突然宣布退休為止。

沒有什麼特別原因，只是正值顛峰的他，失去比賽的興趣而已。一年之後，僅僅廿五歲的馬克安諾就再也沒拿過任何一個大賽的冠軍，雖然之後他打了八年才離開球場。後來馬克安諾說，沒有柏格當對手，他就沒有競爭動力。

柏格退休後的人生，反而變得困難，服裝品牌差點破產，嘗試復出結果變成笑柄，還有疑似仰藥自殺的紀錄。他一度把全部獎盃拿出來拍賣，馬克安諾勸阻不成，只好跟他說「至少你要把一九八〇年溫布敦的冠軍杯還我，我覺得那是我應得的。」所幸後來柏格的生意好轉，他把獎杯都贖回，也回到網球場，跟當年的老對手們重溫舊夢。他的英俊臉孔加上歲月淬煉，比從前更迷人。

周末清晨，我看著HBO感人的網球紀錄片《火與冰的傳奇》，潸潸地流淚。感動的是人與人之間寶貴的友情，還有生命柳暗花明的微妙境遇。當然，更是一直在想，台灣自己運動員無數的故事，是不是有一天能夠像這樣，有更多人願意說，也有更多人願意聽？

約翰·馬克安諾（John Patrick McEnroe, Jr.，1959-），生於西德美軍基地的美國人，有「網球皇帝、網壇壞孩子」之稱，7座大滿貫男單冠軍，國際網球名人堂成員。
比約恩·柏格（Björn Borg，1956-），生於瑞典，俗稱「瑞典冰人」，11座大滿貫單打冠軍，國際網球名人堂成員。

韓德森的釘鞋人生

瑞奇．韓德森（Rickey Henderson），是職棒史上最佳的第一棒。他保持了生涯最多盜壘、首打席全壘打、得分、單季盜壘的紀錄。二十五年的球員人生在他四十五歲的時候結束。名人堂的候選資格是在退休後五年開始，往後的十五年都有機會獲選。他在有候選資格的第一年就超高票通過，有些人說這是實至名歸，也有人開玩笑說大家是要趕快把他送進博物館，免得他到現在還一直想要回球場打球。

在名人堂的歡迎儀式上，他發表了三十年來，最動人的演說。儘管文法錯誤百出，可是一個字一個字情義真摯地念出來，還是為他的球員生涯寫下完美的註腳。這也大概是第一次在公開場合，他不是用第三人稱稱呼自己——儘管他在球場上聰明絕頂攻守全能，可是在球場下，他總是人們的笑柄。他視語言學為無物，談話當中從來不用我（I）這個字，也是常被取笑。幾年前他被紅襪隊釋出後，他在教士隊老闆的答錄機上的留言是這樣的：「這是瑞奇，以瑞奇的身分留言，瑞奇要打棒球。」在台灣，通常只有過氣花瓶女星，和得了大頭症的縣市長會這樣說話。

瑞奇出糗的事情還不只這樁。在他剛開始嶄露頭角的時候，奧克蘭運動家給他一張一百萬美金的支票當紅利。過了一陣子，運動家隊的會計部門很納悶，為什麼帳目上有一大筆錢對不清……原來瑞奇很興奮自己變成百萬富翁，便把支票裱起來掛在牆壁上，他並不知道支票需要兌現才會變成錢。

他對數學的知識也令人不敢恭維，一名退休球員曾經表示，百分之五十的大聯盟球員都有用過類固醇。他聽到之後跟記者說，瑞奇我本人不是那百分之五十，我一個人就是那百分之四十九啦。他對算數不太行的紀錄還有很多，二〇〇四年紅襪隊直落四擊敗紅雀隊，拿到世界冠軍之後，他打電話給他在紅襪隊裡熟識的工作人員，想要弄到第六場球賽的門票。

不過這也是瑞奇．韓德森的生涯引人入勝的地方。他很有可能是文盲，有低於常人的生活知識，可是走進球場，他卻變成最可怕的武器。他沒有強力打者的體型，但他也說過，雖然全壘打和打點不在行，他卻專精其他的小東西，像是得分、盜壘、上壘。他對於自己的史上最多得分紀錄特別驕傲：「因為只有得分，球隊才會贏。」

在大聯盟曇花一現的台灣球員們，早早遭受傷痛殞落的宿命。瑞奇二十五年來，每次盜壘都是把自己的身體送向對手的釘鞋，這樣的堅持與創下的奇蹟，更顯得難能可貴。而我跟在華爾街打滾的人越是熟絡，越是能夠體會，能夠為球隊得分的人，通常並不是那些說話頭頭是道的傢伙，而是打擊出去就悶著頭向前跑的瑞奇．韓德森們。

小器之神

「所謂的極限，就跟恐懼一樣，常常都只是幻影而已。」我是很容易被聽起來偉大的廣告辭彙感動的人，所以聽到籃球之神麥可．喬丹，用上面這段話來終結他的名人堂演說，雖然一聽就知道是出自耐吉行銷部的手筆，還是一下子就熱血沸騰起來。

不過大部分的人，不管是球迷，還是球員，對於喬丹的演說都感到十分驚訝與失望。跟他一起一共有五個人被選進籃球名人堂，除了喬丹之外，還有馬刺隊的海軍上將大衛．羅賓森，猶他爵士雙重奏之一的後衛史塔克頓，猶他爵士的現役教頭史隆，和女子籃球的傳奇人物薇薇安．史金格（C. Vivian Stringer）。不過在麻州春田市舉行的授勳典禮，票價漲了四倍，大多數觀眾都是衝著喬丹而來。

喬丹的演講是全場的壓軸，在他之前的演說，像是史塔克頓表達對妻子的濃情蜜意，羅賓森真心感謝隊友與上帝，史隆悼念已故的亡友，都十分令人動容。籃球名人堂有一項引薦人的制度，每一位新進名人堂的選手，都要自己選擇一兩位已經具有名人堂位階的選手，領導他們進入這個殿堂，有著承先啟後的意味。大家都是行禮如儀，不忘感謝自己的引薦人。喬丹的引薦人是同為北卡出身的前任飛人大衛．湯普森。湯普森跟喬丹一樣，都是彈性過人的後衛，也因為如此，他曾經是少年喬丹的偶像。喬丹對他的致謝詞，是這樣的：「當我打電話請湯普森來當我的引薦人的時候，他應該有被嚇到失禁。」

另外二十幾分鐘的演說也好不到哪裡去，簡略提到隊友皮朋之後，他罵了芝加哥公牛隊的老闆，業餘和職業生涯曾經瞧不起他的教練跟隊友，提到自己的兒子的時候，因為他們趕不上自己而感慨，談到團隊合作不如他自身的努力，球團的經營也沒有球員的表現重要，「你有看過球團（像我一樣）重感冒或是腳扭傷還出賽的嗎？」「我知道 Team（團隊）這個字裡面沒有 I（我）這個字母，不過聽好了，Win（勝利）這個字裡面就有！」喬丹曾經放棄籃球兩年，猶他爵士的後衛拜倫·羅素在那時候對他說「你幹嘛退休啊？你知道我可以守住你的。」結果喬丹真的重回球場之後，他連續在兩次總冠軍賽痛宰爵士，而在這個演說當中，他也不放過羅素，說他根本守不住他，就算現在也不行。

難怪有專欄作家看完演說之後，說喬丹真是一個器量狹小的人。也有作家寫到好像重回到中學時期，看見那個把別人便當搶走還洋洋自得的惡霸。不過，一篇《華盛頓郵報》的分析，是我比較認同的。這竟是第一次我們聽到真正的喬丹，原來，在他心中燃燒的怒火，以及需要不斷對別人證明自己的壓力，才是他跨入神界的動力。在他的職業生涯的謝幕式上，我們才知道，原來如來神掌並非渾然天成，龍劍飛若非受盡刺激，也不會練成萬佛朝宗。也正是他不服輸、四處挑釁、無中生有的個性，讓我們青澀無知的少年時期，少了一些苦悶。

PICTURE STORY
西雅圖水手隊

2

1

薩菲可球場（Safeco Field）全景。這座球場是西雅圖水手隊的主場，於 1999 年啟用。

1 水手隊球場入口
2 水手隊主場參觀門票

GAME DAY
TICKET SALES
THE PEN

A.L. WEST
CHAMPIONS
2001
SODO
MOJO
2002 SEATTLE MARINERS

2

1

水手隊球場的陸橋

水手隊球場街景

1 水手隊逆轉之戰紀念牆

2 水手隊 2002 年的標語

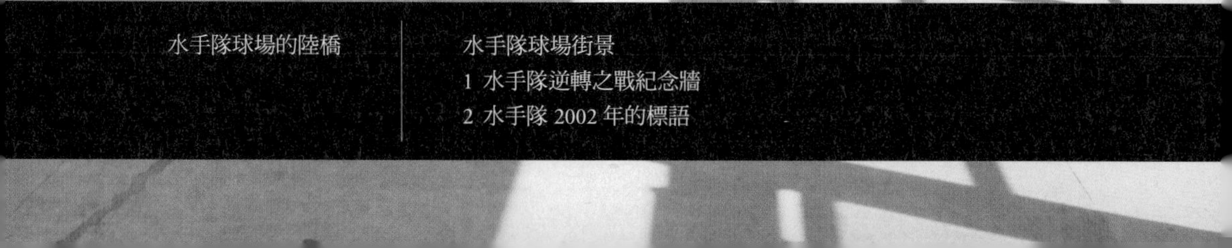

HIGH FIVE

The Midsummer Classic welcomes a quintet of Seattle All-Stars, the most in the American League, to Chicago

BRET BOONE

EDGAR MARTINEZ

JAMIE MOYER

ICHIRO

SHIGGY HASEGAWA

2-2

4

3

3 水手隊觀眾席
4 水手隊球員座席

水手隊主場球員休息區上方
1 西雅圖水手隊吉祥物牆飾
2-1 2-2 水手隊參加 2001 年明星賽的球員 在球場，跟歲月的道別

Let's Make a Magic

千葉羅德的海洋球場，四十四號的蕭特（Rick Short）走上打擊區，看台上揚起鼓聲，觀眾敲著加油棒，一齊唱著：

Let's make a magic! Come on Rick Short
啦—啦—啦啦啦啦啦——
Let's make a magic! Come on Rick Short
啦—啦—啦啦啦啦啦——
Let's Go, Rick Short!
Let's Go, Rick Short!

蕭特選手是力求振作的羅德隊，在二〇〇三年找來的新洋將。那年三十歲的他，美國職棒生涯的頂端只到小聯盟的3A層級，雖然沒有登上大聯盟的實績，可是在競爭激烈的3A戰場，能夠拿下太平洋岸（Pacific Coast）聯盟的打擊王，羅德球團對他仍有很高的期待。球團為他作了一首專屬加油歌，叫做Let's Make A Magic——沒有上過大聯盟的蕭特選手，讓我們暫時忘記英文文法，把不可數的Magic當成可數的名詞，一起創造奇蹟吧。

很快地，二〇〇三年球季結束，蕭特選手打擊率三成零三，十二支全壘打，五十八分打點的戰績，換來的是球團的解雇通知。一個外籍選手跑不快，打不遠，守備平平，還是沒有辦法在日本職棒久留。

「跑不快，打不遠，守備平平，」是蕭特職業生涯裡，球探在報告卡上一貫的評價。雖然他在小聯盟保持穩定的三成打擊率好多年，甚至曾經挑戰過四成的打擊率，在金鶯隊、小熊隊、皇家隊、天使隊、博覽會隊、國民隊農場系統不斷流浪的蕭特，跟大聯盟一直保持幾個光年的距離。3A打擊王頭銜不能換來大聯盟球場的一個打席，在千葉縣的日本職棒生涯也僅僅持續一個球季，超齡的他只好再回到小聯盟。

Where is the magic? Come on Rick Short, where is the magic?

有些球迷或許一直覺得納悶，為什麼保有道奇隊3A全壘打紀錄的陳金鋒不能獲得在大聯盟立足的機會？關於這樣的疑問，對照蕭特的紀錄就能夠明瞭：對球團來說，球員小聯盟的成績並不是唯一，甚或是主要的依據。球探、教練和經理對球員的判斷，比實戰成績重要得多。在那些人的眼中，有些球員就是一輩子小聯盟的料，他們被稱做4A球員——比小聯盟球員好，可是不屬於大聯盟，不管他們在小聯盟創下如何傲人的紀錄。

蕭特選手就是一個終身小聯盟級的球員。二〇〇五年，三十二歲的他到國民隊的小聯盟球隊，多少已經是棒球生涯的尾端，六萬元不到的年薪雖然是雞肋，能領一年就算一年。

二〇〇五年六月十日，我在華盛頓國民隊的勞勃·甘迺迪紀念球場，看了國民隊跟西雅圖水手隊三連戰的第一場。客隊的鈴木一朗是全場矚目的焦點，地主的國民隊也有廣泛的支持，畢竟離開幾十年的棒球重新回到華盛頓特區，是許多居民引頸期盼的事情，這支沒有人看好的球隊竟然在國聯東區領先群雄，更是讓球迷感到驚喜。

比賽進行到五局下半，輪到落後的國民隊進攻，他們把投得不錯的韓國籍投手金善宇（Sunny Kim）換下場休息，替投手代打的球員，在觀眾的掌聲裡踏上打擊區，「這是他第一次在大聯盟登場，」球場的播報員宣布。這天，背號三十五號的蕭特，首度登上大聯盟。

在兩人出局的情況下，面對成功壓制國民隊打擊的水手強投皮內羅（Joel Pineiro），蕭特擊出他在大聯盟的第一支安打，送回二壘上的跑者。全場觀眾幾乎都站了起來，替這位老新人鼓掌。

那也是蕭特在大聯盟僅有的六支安打的第一支。雖然後來在帳面上留下四成打擊率（十五個打數六支安打），還有兩支全壘打的好成績，球團始終認為他只是跑不快、打不遠、守備平平、年紀又大的4A球員。擊出首支安打的隔天，他就被下放到屬於他的小聯盟，一直到九月擴編才被拉回大聯盟充數，蕭特的大聯盟生涯總計只有不到一個月的時間。可是，他說：

「我告訴別人，我是一個棒球員，別人總是問，你上過大聯盟嗎？

我總是說，沒，沒，沒。

現在，我終於能夠說，有，有，有，我曾經在那裡。」

後來，蕭特被國民隊轉賣給日職東北樂天金鷹隊，這回他待了四年，而且連續三個球季的打擊率都保持在三成以上，還拿下太平洋聯盟的打擊王。目前已經從選手退休的他，擔任亞歷桑納響尾蛇隊的球探。

算是很一個 Magic 的棒球生涯。

逆轉之戰

《羅斯福遊戲》（ROOSEVELT GAME，台譯《逆轉之戰》／緯來日本台），是近年來看過最好的日劇之一。原著小說家池井戶潤寫的《半澤直樹》在二〇一四年席捲東亞各地，大家都恨不得立馬找個仇人來加倍奉還一下，同是他作品改編的這部影集，精采程度也不遑多讓。除此之外，《羅斯福遊戲》對於棒球戰術和比賽內容的深入程度，不管在電視，甚或是電影，都很少見。雖然多了一些戲劇的效果，可是鏡頭前投手的各種球路，教練對對手投球姿勢的觀察，還有因應球場狀況做出的應變，有超出以往的專業水準。

看著年輕演員工藤阿須加飾演的年輕投手沖原和也，難免想到從前看工藤公康投球的日子，那個時候，西武時代的工藤跟郭泰源，從小耳朵衛星溢波偷渡回台灣，填滿許多放學後的夜晚。阿須加跟老工藤的關聯性當然不只是同姓而已，這齣戲的主角之一，正是日職名將工藤公康的兒子。小工藤沒有跟隨父親的腳步進入職棒，用的是右手而不是左手，可是在戲裡投球的眼神，完全是老工藤的翻版。

影集的故事是唐澤壽明領導的青島製作所，在經營上遇到惡意的競爭，對手以挖角和低價策略，致使公司生存陷入危機，在此刻，提供貸款的銀行又有抽手的打算，公司必須裁員才能夠勉強支持下去，首先的目標當然是沒有實質收益的棒球部。青島製作所的棒球隊曾經在社會人野球風光一時，卻和母公司一樣被敵人挖角，主戰選手跟教練都跳槽到競爭對手的公司。在一切看起來都快要完蛋的時候，公司的老董事長提到小羅斯福總統的一句話：

「我認為，最有趣的棒球比數是八比七。」

一九三七年初，因為小羅斯福無法參加棒球作家協會的晚宴，他寫了一封短信給《紐約時報》，信上正是如此說的。壓倒性的比數，或是低得分的投手戰，都不是最好看的比賽，棒球，要有高低起伏的挑戰才刺激。就這樣，共同面臨生存危機的棒球隊和母公司，儘管前方看來一片黑暗，他們仍然從一局一局、一場一場的比賽當中，摸索自己的下一步。

最後，棒球隊在敗部的冠軍賽遇上先前擊敗他們的強敵，公司也面臨新產品研發的樣品比試會，一戰定生死的球賽到了九局下半……

或許有人會覺得這種橋段太虛幻老套，跟真實的人生距離太遙遠。如果你也這樣覺得，那麼，有一天應該去一趟西雅圖水手隊的球場，在那裡有一整面以不鏽鋼做的浮雕，是當地藝術家 Thom Ross 的創作，紀念球場啟用四年前的一支二壘安打。

"The Double"，「那支二壘打」，棒球歷史書上，如此稱呼這支最有名的二壘安打。

西雅圖水手隊從一九七七年成軍以來，一直是西區最弱的球隊之一。在一九九五年以前，不但從來沒有進過季後賽，連勝率過半的球季也只有兩次。球隊沒有自己的球場，而是和美式足球／職業籃球共同使用國王巨蛋（Kingdome），不用提糟糕的戰績，年久失修的場館就足夠讓球迷失去進場看球的欲望。一九九四年球季，球場的屋頂甚至掉下來好幾塊砸到看台，幸好是發生在賽前的練球，沒有造成觀眾傷亡。

水手隊需要一個新的球場，本地的居民卻對這個衰弱的球隊興趣缺缺，要讓西雅圖市拿出錢來蓋一個新球場，幾乎是天方夜譚。球隊在一九九二年轉賣給任天堂集團，新的經營團隊努力要把它留在西雅圖，畢竟這裡是日本任天堂在美國的家，可是幾年的爭取，卻一再落空。一九九五年的九月，當地的居民以公民投票否決增稅蓋球場的提案。對此，大聯盟發出了最後通牒，如果在十月底還是沒有蓋新球場的決定，那麼這支大聯盟的笑柄球隊，就要被迫轉賣給其他城市。其實整個搬家的情勢在公民投票之後幾乎已成定局，這個期限只是程序上必經的步驟而已。

球場外的紛爭對球隊的戰績當然沒有好處，在八月初，水手隊落後分區第一名的天使隊總共有十三場勝差。眼看又是一個希望渺茫的球季，神奇的事情卻在此刻發生了，他們一直贏，一直贏，到了球季的最後一場比賽，戰績竟然跟天使隊打成平手，然後在一場定勝負的加賽裡，他們擊敗天使隊，拿到隊史上第一次的季賽分區冠軍，也首度進入季後賽。

接著，他們遇上強敵洋基隊。五戰三勝的季後賽第一輪，洋基拿下前兩場，可是居劣勢的水手隊贏了接下來的兩戰，把勝場數追平。關鍵性的第五戰回到國王巨蛋，一如預料地，洋基很快拿到比分的優勢，八局上半結束，水手隊以二比四落後，場上主投的是洋基在季中不惜成本弄來的強投孔恩（David Cone），他在前一年才剛拿到投手最高榮譽賽揚獎。

結果比數竟然在八局下被追平，小葛瑞菲（Ken Griffey Jr.）先擊出一支全壘打，然後在滿壘的情況下，投球一向穩健的孔恩投出保送，讓水手隊拿到第四分。雙方在接下來的三局都沒有辦法拿到分數，比賽進入到十一局，水手隊讓鮮少後援的王牌「巨怪」強森（Randy Johnson）上場投球，結果被洋基先拿下一分，情況看來極為不妙。十一局下半，站在洋基投手丘的是再往前一年的賽揚獎得主，「黑傑克」麥道維爾（Jack McDowell）。名將如雲的洋基隊，在這一戰定生死的比賽，當然讓最好的投手傾巢而出。

上場打擊的第二棒打者可勒觸擊成安打，洋基的年輕總教練蕭華特（Buck Showalter）上場抗議他應該被判出局，可是在那個沒有重播的年代，這種抗議是沒有用的。比賽繼續進行，小葛瑞菲再補上一支安打形成一、三壘有人，接著上場的是第四棒馬丁尼茲（Edgar Martinez），他的十八年大聯盟生涯都是在西雅圖，是球隊的精神領袖。

然後就是那支左外野二壘安打。

三壘上的可勒當然輕鬆回來得分，一壘上的小葛瑞菲當年才二十六歲，他一路從一壘飛奔回本壘，左外野手威廉斯傳球回來已經來不及了。水手隊擊敗了洋基隊，首度進軍季後賽就打入第二輪。

《西雅圖時報》在隔天登出小葛瑞菲滑回本壘的照片，四年以後，這張照片變成新球場上的浮雕。如果沒有那支二壘打，就沒有新的球場，這場逆轉的比賽，還有從谷底翻身的球季，改變了整個城市對水手隊的印象。比賽過後幾天，華盛頓州議會特別召開一次臨時會，通過新球場的預算。就這樣，一支在十一局下半的逆轉安打，挽救了西雅圖水手隊的命運，後來才有鈴木一朗的加入，球隊甚至在二〇〇一年，拿到大聯盟史上最多的單季一百一十六場勝利。

除了電視劇之外，真實的人生裡，逆轉之戰也是存在的啊！所以，儘管有時前方看起來一片黑暗，我們還是不能隨便放棄，不是嗎？

2 在追尋夢想的路上相遇

看著各行各業的翹楚向人生的巔峰前進，在他們身上發生的一切事情，看起來都像水到渠成般的容易。不過我們當然知道過程並非那麼簡單，在追尋夢想的路途中，就算沒有俗套地經歷無數次的失敗，至少需要一步一步地，持續累積經驗值，才能登上人生的大聯盟。

喜歡運動的人，比其他人幸運的地方，就是隨時都可以見到競賽場上勵志的故事，提醒我們逐夢踏實的道理。其實只要不忘記初衷，人人都可以是不死鳥；放下對失敗的恐懼，就沒有不全力以赴的藉口。在認清自己的目標之後，儘管身邊總會出現負面的雜音，還是要勇敢跨出第一步，離開舒適環境，就這樣，我們每天都能昂首前進。

更重要的是，能夠堅持到底不放棄，不管結果如何，我們都是勝利者。

我覺得自己是很幸運的人，能夠在追尋夢想的路上，遇見這些故事。

跟NBA夢想的距離

「我最注意他，看到他時心裡想，我的機會來了！」

二〇一一年的瓊斯盃，中華隊國手陳信安看到日本代表隊的超級矮將，對場邊記者開玩笑。那年，他剛準備離開中國東莞的職業球隊，最後一年在中國CBA職籃，球隊以第四名作收，算是不錯的結束。陳信安是台灣籃球十幾年來最具分量的明星，「距離NBA最近的台灣球員」，人們是這樣稱呼他的。

那個超級矮的日本球員，身高一六七公分，當年十八歲，剛從高中畢業，叫做富樫勇樹。他不會跟陳信安在瓊斯盃碰面了，三十四歲的陳信安已經從籃壇退休，而富樫勇樹，二〇一四年打進NBA達拉斯小牛隊的夏季訓練營，未來不一定會有到台灣打這個小型交誼賽的計畫。

富樫曾經在我家附近的蒙特羅斯基督教學校（Montrose Christian School）念高中，這是一間以培養青年籃球員著稱的私立學校，最有名的校友當然是雷霆隊的杜蘭特（Kevin Durant）。教練出身的富樫爸爸，從日本職籃後衛伊藤大司還有松井啓十郎那邊聽說這間學校，決定讓國中畢業就已經有純熟球技的兒子，循相同的途徑去挑戰更上一層樓。

一個人在國外念書，是很辛苦的事情，更何況是在一間競爭激烈的高中，希望打進機會難得的校隊。富樫勇樹搬進寄宿家庭，那裡的籃球爸爸家裡有來自美國其他州的孩子，還有丹麥跟委內瑞拉的國際學生。比別人矮了一個頭的他連英文也不太會說，同學經常會拿他來開玩笑，不過他也只能一笑置之。三一一地震那天，他收到住在東京郊區的母親傳來簡訊，要他趕快打電話回家，結果是祖母的房子在地震中全毀，還好人沒受什麼傷。在異地聽到故鄉的劫難，是令人無力而痛苦的事情。語言隔閡，種族歧視，想念家人的情緒，學校的功課壓力，加上競爭激烈的球場，對任何一個十幾歲的孩子來說，都不是一件簡單的事情。

「最大的挑戰還是英文，因為我是後衛，需要能夠跟場上的球員溝通，剛開始英文不好的時候，教練很少會派我上場，」他說。

相同的年紀，陳信安在高中籃球聯賽是松山高中的主力球員，練球沒有多久，就拿下灌籃比賽冠軍的頭銜，被譽為是飛人鄭志龍的接班人。那時候是台灣高中籃球聯賽ＨＢＬ最受矚目的一段時期，來自媒體的高度關注，還有球迷的瘋狂追隨，高中時候的陳信安是天之驕子。

頂著聯賽明星球員的光環，陳信安曾經有數度到美國練習的機會。Nike的夏季籃球營因為和台灣辦的小型地區性預算消化交誼賽／瓊斯盃撞期，所以無法參加，到美國念大學的計畫後來也沒有成行，直到二十二歲他才經由台裔美籍的教練牽線，進入了ＮＢＡ熱身賽和夏季訓練營的選拔，因為身體的衝撞度和籃球觀念的差異，並沒有獲得青睞，就算登錄熱身賽名單，只有在練習時跟明星球員拍照留念的機會。後來的故事我們都很熟悉，陳信安的天分遇上尷尬的時機，不斷跟台灣籃壇發生衝撞的結果，是一個在禁賽與受傷之間掙扎，斷斷續續的職業生涯。

正如陳信安在廣告上說的：「大家都說NBA很遠，但只有我知道有多遠。」雖說就算他早一點到美國訓練也不能保證什麼，可是大家都知道，他沒有在發展期就到美國訓練，是失去NBA門票的主要原因，後來用再多的努力也無法彌補。如果要量化籃球選手進入NBA的困難度，可以用以下的數字看得出來：在美國，大學籃球分四個等級，最好的第一級有三二五間學校，第二級二六五間，第三級三二五間，第四級則有二五九間，總共將近一千兩百間學校，校隊正選的球員超過一萬六千名，每年畢業或輟學的至少有四千名，這還不包括外國的學生球員。這些球員倘若有籃球夢，首先要爭取的就是選秀會僅有的六十個名額，或者是在變成自由球員之後，希望能夠經由發展聯盟的比賽，被球隊簽下，變成正式球員。

高中畢業後，富樫沒有拿到NCAA第一級學校的獎學金，和學長伊藤大司當年進了波特蘭大學、松井啓十郎進入哥倫比亞的結果比起來，是很失望的。他決定回日本加入職籃，兩年後，拿到日職全明星賽的最有價值球員。

從《灌籃高手》作者井上雄彥的推特看到，富樫通過NBA小牛隊的選拔，正式被邀請參加夏季訓練營的比賽。在一個星期三的比賽裡，他出賽不到十一分鐘就閃電拿下十二分，因為他的特殊族裔與身高，很快就變成拉斯維加斯當地觀眾的最愛。夏季聯盟最終戰，富樫近十六分鐘的上場時間又創個人的新高，全場觀眾大喊Toga、Toga的加油聲，相信球團跟老闆庫班（Mark Cuban）不會沒有聽見。

富樫跟ＮＢＡ的距離還是不近，訓練營的好手眾多，能夠由此進入ＮＢＡ正選名單的機會稀少。不過許多人認為他至少在今年的訓練營之後，會有被球隊簽下，放到二軍ＮＢＤＬ的可能性。他在蒙特羅斯基督教學校的高中經驗，至少讓他有擠進ＮＢＡ窄門的一線機會。比富樫條件更好的日本球員不難找，日本職籃最有價值對ＮＢＡ來說一點價值也沒有，可是從小牛隊官網到各個運動媒體，富樫都是「杜蘭特的學弟」，這個名號不只聽起來響亮，也讓ＮＢＡ球隊知道，這個球員已經有能力跨越語言跟地域的橫隔，可以融入球隊的環境，沒有水土不服的問題。

一六七公分的富樫，跟ＮＢＡ的距離，比一九六公分的陳信安近很多。如果陳信安有預知未來能力的話，看到富樫的時候，或許心裡應該想的是「我如果有他的機會，那就好了。」

近年來，台灣籃壇不敵中國職籃的挖角，幾乎全面棄守，沒有能力再把球員當成自己的禁臠，陳信安可能是最後一個體制下的犧牲者。年輕球員像是吳永盛、胡瓏貿、陳盈駿，還有許多其他懷抱ＮＢＡ夢想的小朋友，正在美國奮鬥著。對於台灣的籃球員來說，在美國念高中或大學不見得會讓每一個人都變成更好的球員，卻幾乎是挑戰ＮＢＡ的必修學分。

我相信，第一個土生土長的ＮＢＡ台灣球員，應該很快就會出現。更祝福陳信安的職業籃球生涯終於結束之後，能夠過著幸福快樂的日子。

每個人的大聯盟

國民隊主場負責場邊採訪的正妹記者茱麗．亞歷山卓（Julie Alexandria）在二〇一四年春訓之前離職了。在這個位子工作的人都待不久，過去的兩個球季結束之後都有新舊的接替，不過並不代表這份工作待遇不好或是壓力繁重，畢竟她們其實只需要在比賽的前後和球員、教練，還有觀眾做一些短暫的互動，沒有什麼深度報導的需要，也永遠跟普立茲獎沾不上邊。這類記者最主要的工作，是在球隊勝利之後採訪這場比賽最有貢獻的球員，然後被球員們扛出來的開特力淋濕，滿身都是飲料卻不能忘記淺淺的微笑，還要同時裝出驚訝的模樣。換句話說，是一個花瓶的角色。

場邊記者這個職務，原先的設計是讓觀眾能夠獲取比賽當中最快的訊息，像是如果球員受傷了，走進醫療室探聽最新消息的就是他們，原本和其他運動轉播工作一樣，大多由男性記者擔任，這一切，卻在艾琳．安德魯斯（Erin Andrews）十幾年前進入運動轉播之後有了巨大的轉變。她是第一代的正妹體育記者，從佛羅里達州大畢業之後進入地方台，接著從冰上曲棍球開始場邊採訪的生涯，除了工作認真受到肯定以外，她亮麗的外表也是受到矚目的原因，從冰球、籃球、棒球到美式足球，都可以看到艾琳的身影。她在運動界女神的地位從幾年前的偷窺事件可見一斑，一名四十多歲的瘋狂粉絲跟蹤她工作的行程，在她下榻的幾間旅館租下隔壁的房間，鑿洞偷錄下她沐浴更衣的過程，後來因為影片流傳上網而曝光，結果被關了好幾年。

還好艾琳的事業並沒有因為這不幸的遭遇而受到打擊，她不但成為最有名的體育節目主播，還跨足談話秀和娛樂界。她的成功，開創了女性體育記者的一條路。雖然從現實的收視環境來說，這個職位需要才貌兼具，並不是真正性別平等的勝利，但至少也還是前無古人的新局面。在她之後，場邊記者變成女性的專業。年輕而美麗的女孩們因為種種不同的生涯規畫，把這個曝光度高的工作當成生涯重要的跳板。在正妹體育記者的升官圖裡，她們也是從那個環境的小聯盟一路晉升上來，從地方台到全國台，從冰上曲棍球到球迷眾多的美式足球，整段一步一腳印的過程，和她們負責報導的世界沒有兩樣。

不只是場邊記者，在職業運動場上，許多的角色都要經過類似的歷練。大聯盟春訓正在進行當中，許多台灣球員正在大聯盟的邊緣奮鬥著，也有好些年輕孩子正在開始自己的小聯盟生涯，這並不是他們的專利，記者，甚至是場上的教練和裁判，所有人都需要經過同樣的過程。除了前面所說的場邊記者之外，平面媒體的記者也通常是從小聯盟的隨記（Beat）開始，一路寫到大聯盟的舞台；而要能夠在大聯盟執掌兵符，不少教練是從小聯盟的投打教練開始，經過幾年的歷練，晉升大聯盟擔任跑壘或投打教練，最終才能變成聯盟三十支球隊的總教練之一；裁判的養成更是層級分明，要登入大聯盟執法，需要經過嚴格的競爭，還要加上在小聯盟七到十年的歷練。大聯盟裁判的年薪平均是一千萬台幣左右，是之前小聯盟十年才能賺到的薪水。

除了這些工作以外，在球場裡工作的侍者，要進入高級的俱樂部層級服務，也並非一蹴可及，俱樂部裡面的小費通常一個晚上就是幾百元美金，可是競爭激烈，要不是有在球場其他單位服務的經歷，很難變成高薪的俱樂部侍者。

這個世代的升官圖，比科舉時代還要縝密。在人力資源的完全市場底下，不管是公務員、私人企業，甚至是職業運動場內場外的各種角色，一步登天是可遇而不可期的。二〇一四年，在大聯盟釀酒人隊的台灣小將王維中，有機會在春訓之後三級跳上大聯盟，可是與其期待這樣的境遇，不如去買樂透。如此的現實雖說殘酷，卻也十分公平，除非夢想是要一個有錢的爸爸，其他懷抱夢想的人都需要不放棄地努力，才會有成功的機會。

茱麗．亞歷山卓的新職是一個小電視台的娛樂主播，艾琳．安德魯斯成了全國性電視網裡跳舞節目的主持人，二十幾個台灣選手正在小聯盟奮鬥著，大家都一步一步向最終的目標前進。而就這樣繼續下去，說不定有一天，我們自己人生裡的大聯盟，也終將出現。

結果，釀酒人隊為了留下王維中，真的把他放在大聯盟二十五人名單裡。因為小朋友還沒有實戰的能力，大半個球季裡，他們只能用另外二十四人跟其他隊較量，雖然在國聯中區領先了好幾個月，最後還是和季後賽無緣。釀酒人隊打這個算盤，付出的代價真是不小，也可看出王維中被球團看好的程度。

完美的九個球季──「追愛總動員」

職業棒球的新人選秀，在六月舉行，和其他三項主要北美職業運動（美式足球／籃球／冰上曲棍球）球季結束選秀的時程有顯著的差異。儘管選秀舉辦的時間不盡相同，它對各項職業運動的重要性卻是一樣的，這是球團經營最重要的環節之一，他們評估業餘運動員過去的出賽成績，加上旗下球探對這些球員的實地觀察，經過幾天選秀會場內外的運籌帷幄，一輪一輪把新血輸進球隊裡。對球員來說，選秀更是一輩子難得的機會，許多年的練習，從各級學校累積的經驗跟成績，倘若能夠得到球隊的青睞，才算是開啓職業生涯的第一步。

除了時間的不同之外，職業棒球的選秀人數跟其他運動也很不同。NBA籃球目前選秀一年只有兩輪，三十支球隊依序挑揀，總共僅有六十名新人被選入；美式足球跟冰上曲棍球都是七輪，選進的球員不到兩百五十個。相較起來，棒球選秀一路選進四十輪，每年有上千名以上的新人通過這個程序的認證，拿到進入職業棒球的入場券，規模比其他運動大得多。

相對來說，通過職業棒球的大規模選秀之後，要能夠登上大聯盟的窄門，當然比其他運動困難。事實上，經過籃球、美式足球跟冰上曲棍球的選秀之後，許多一年級的超級新生馬上就能變成球隊的主力，這樣的情形在棒球場上幾乎不存在。職棒的新秀就算是在第一輪被選到，經過幾年小聯盟的歷練，也有超過三分之一的球員根本無法登上大聯盟，而登上大聯盟之後，更只有四〇%左右的第一輪選秀球員能夠待上三年。這個數字依照選秀的順序逐降，從整個四十輪的選秀來看，幾年後能夠在大聯盟持續出賽的球員，只有不到六%。對棒球選手來說，要像是基特（Derek Jeter）、李維拉（Mariano Rivera）、瓊斯（Chipper Jones），在球季前預告自己的退休，然後有一整年的時間把生涯的句點填滿，如此有始有終的完美生涯，是可遇而不可求的事情。

在我們的生活裡，有一樁事情，跟大聯盟的選秀制度與球員發展有頗多的相似性，可是應該有很多人像我一樣，雖然對它高度依賴，卻長久以來對整件事情的背景過程一知半解……。它，是我們看的電視影集。

在美國，每一年至少有五百個新的節目發展出來，在夏天的時候，也剛好就是大聯盟選秀的季節，製作人／劇作家會有機會把這些節目的概念或劇本的草案，向五大電視網的主管作簡報。經過這個「選秀」的程序，每個電視網會簽下幾十個新節目，讓製作單位把一集完整的劇本做出來。

那只是第一道關卡，幾個月之後，電視主管會再看一次完成的劇本，然後選出大約二十套，提供預算讓製作單位拍攝第一集的節目。這一集的試拍，在電視台的術語，叫做「Pilot」。電視台會安排自己的員工，或是參與市場調查的觀眾來看試拍的結果，在最後，只有個位數的節目會被安排在新年度上檔。從前一年夏天的簡報，到隔年的上檔，至少有一年的時間，製作單位需要默默地在背後修改劇本，尋找適合的演員，好讓節目有吸引觀眾的能力。

電視節目的季節從八／九月，到隔年五月結束。一整個「球季」有二十二到二十六周的長度，電視台經常會跟製作單位先購買半季的節目，這些新節目的第一年有些會選在季初就登場，有些會在季中露臉。然而，在電視的大聯盟登板之後，更殘酷的挑戰才真正開始。收視率的結果立即揭曉，半季或是整季的節目雖然製作完成，可是倘若觀眾不喜歡，前幾集播完就被丟到冰庫的情況並不罕見。

這些新節目有幸熬過第一年，會再經過電視台主管的評估，看是否有下一季的機會。事實上，不論新舊，每一個節目都還是需要一年一度被考核，很少製作單位會有長達數年的特定節目合約。就算進入先發的輪值，還是隨時都有被腰斬的可能。能夠有一套有始有終的完美節目，也同樣是可遇而不可求。

CBS電視台的喜劇，《追愛總動員》（How I Met Your Mother，台灣在衛視合家歡台播出）經過了九年，終於在二〇一四年春天完整結束。幾個星期前看了最後的一集，是很讓人偷偷流淚的結局。感動的不只是故事的本身，而是這個故事竟然能完整地說完，編劇的堅持真是少見的奇蹟。

這個影集是經由主角泰德，在未來跟他的一對兒女訴說，十幾年前與他們母親相識的過程。泰德有無可救藥的浪漫個性，在戀愛過程當中經常碰壁，卻一直不放棄對真愛的追尋。他有四個親密的好朋友，這個三男二女的組合，九年來兩百多集的節目，有無數令人捧腹的搞笑橋段，也有許多讓人鼻酸的感情分合，這些演員從他們的二十來歲一直演到逼近中年的年紀，角色也跟著一步一步成長。一直到最後的一集，泰德才把他跟妻子戀愛的故事說完，鏡頭前的一對兒女坐在沙發的對面，聽父親說了這麼多年的故事，也終於跟他分享了他們自己心裡的想法，而就是那最後的幾句話，讓整個故事有了令人驚訝而恍然大悟的轉折。

問題是，九年過後，飾演他兒女的演員都要三十歲了，這個畫面要怎麼連戲呢？

很簡單，這些畫面九年前就拍完了——那時候，這個影集才開始它的第一個季節，沒有人知道還會不會有第二季。兩位年輕的編劇製作人寫了這個故事，先將大部分泰德兒女出現的台詞跟橋段想出來，然後，提前把畫面拍起來。這些年來收視率總有起伏不定的時候，電視台經常會在每個電視季節結束之後幾周，才會宣布下一季的規畫。未來，對電視節目來說，一直是很遙遠的一件事情，大部分的電視節目，連跟觀眾道別的機會都沒有，就像大部分的職棒球員一樣，默默地走下舞台，是難解的宿命。

經過了這麼多年，這個影集能夠一直出現在螢光幕，還在千帆歷盡之後，回到故事的初衷，是很令人感動的結局。這樣的九個球季，是不能更完美了。

籃球名人堂裡的一條蟲

在現實生活裡，提醒我們這個世代中年已經來臨的事件正在不斷發生。像是當年喜歡的電影已經通通變成老片，曾經換下制服偷偷溜進電影院看的《玉蒲團》現在進化成了3D，阿諾州長的《魔鬼總動員》也被重拍。而在運動場上，最具體的衝擊，就是我們曾經熱血追隨的球員一個一個進了名人堂。位於麻州春田市的籃球最高殿堂，二〇〇九年迎接了大帝喬丹跟史塔克頓，二〇一〇年收進郵差馬龍跟最佳男配角皮朋，而在二〇一一年，名人堂終於納進史上得分最少的籃球巨星——「小蟲」丹尼斯．羅德曼。

那個在球場上以籃板球跟防守著名、頭髮染新顏色的頻率比換內褲的次數還要多、跟瑪丹娜約會甚至差點生了個小孩、前妻是在台灣版跟美版《男人幫》雜誌都曾高居前十名的卡門．伊萊克特拉、曾經缺席球隊練習偷跑去參加職業摔角賽、拍了部電影馬上得到金酸莓最爛演員獎、三不五時就在平面媒體拍裸照、四十歲還幾乎跟紐約尼克隊簽約卻在電視上亂說自己是同性戀結果合約告吹的小蟲，竟然也已經五十多歲了。

轉眼間，羅德曼已經從籃球場上退休十幾年。他退休後成為電視實境節目的常客，在電視上他最常說的一句話「我管他去死的」，其實就是當年籃球生涯的寫照。他在場上顛覆了一般球迷對籃球選手得分越多越好的期待，力拚的是去搶別人投籃不進的籃板球，他的防守也是首屈一指，除了兩度被選進明星賽，還曾經多次拿下年度最佳防守球員。不過，他不在乎球隊的練習，時常因為紀律問題讓球隊頭痛不已，留給球迷的負面印象卻同樣深刻。儘管他有著傲人的五枚總冠軍戒指，在被選入名人堂的過程中，還是引來強烈的批評。

在我們的身邊，甚至是我們自己，像他這樣遇到越大的挑戰越不能認真起來的人很多。高爾夫名將米克森就說過，自己在比賽前五、六周連球桿都不去碰，後來被起訴仍堅稱自己沒有放水的前職棒選手張誌家也曾經有不愛練球，甚至在球季過後暴肥跟不上西武春訓的紀錄。作家葛拉威爾（Malcolm Gladwell）對這樣的個性毫不留情地批評，「這只是怯弱的自我保護心態而已——面對事情全力以赴對自尊的風險很大，這些人只是要給自己預期的失敗先找好藉口，等到失敗的時候，他們可以跟自己說，其實我只是不夠努力而已。」

羅德曼在獲知入選名人堂的那天，他在鏡頭前熱淚盈眶，幾乎說不出話來。「那時，我沒有盡全力，」他哽咽地說著。可惜對即將五十歲的羅德曼來說，運動生涯早已走到盡頭，這番體悟，實在來得太遲了些。

許多人認為羅德曼是NBA史上最會抓籃板的球員，統計數據也支持這種說法，他單場比賽平均拿下十三個籃板球，每四十八分鐘拿下將近二十個，都是現代籃球的紀錄保持人。不過，另一位NBA退休老將，以大嘴巴著稱的查爾斯．巴克利（Charles Barkley）卻認為以身高的優劣來說，自己才是最好的籃板球員，巴克利比羅德曼至少矮五公分，生涯籃板總數卻超過羅德曼五百個。

兩位名人堂老將之間顯然還有得爭呢！

人人都是不死鳥

亞利桑那響尾蛇隊在二〇一三年的選秀會上，選進一個因為比賽意外而癱瘓的大學選手柯瑞。他曾經是受人矚目的潛力球員，在脊椎受傷半身不遂的情況下，是沒有機會在大聯盟出賽的。響尾蛇隊用了一個後輪的選秀權，讓他得到遲來的榮耀，這個故事聽起來很感人，連遠在台灣都受到不少媒體和網友的關注轉載。這樣的公關選秀橋段最近重複了好多次，二〇一一年前遊騎兵和太空人各選了一個半身不遂的業餘球員，可是二〇一三年再重演一次，球迷還是照樣買單。再這樣下去，以後可能會出現各隊選秀搶癱瘓球員的情形。

不管是什麼運動的球迷，我們總是一直尋覓讓自己感動的故事，有時候像是這種球隊的公關活動也只好照單全收。另外更常見的，當然就是不死鳥的故事了。卡茲米爾（Scott Kazmir）的大聯盟生涯幾年前就應該結束，這個跟王建民同時期在球場上綻放光芒的左投手，雖然比王建民還年輕四歲，同是肩膀的傷卻讓他跌得更慘。一個大聯盟的前三振王，甚至淪落到沒有一支球隊願意給他小聯盟的合約，二〇一二年他在德州獨立聯盟的蚊子隊出賽，球隊的投手陣容包括一個卅五歲試著轉行的前外野手，還有四十九歲的昔日強投克萊門斯，而他們的戰績都比卡茲米爾好很多。

可是他回來了。印地安人球探看了他在冬季聯盟的比賽，決定給他再試一次的機會。結果，卡茲米爾消失幾年的球速跟球感都在二〇一三年重現。七月的一場比賽對上打線兇猛的金鶯隊，一直到了第七局才被打出第一支安打，差一點無安打比賽的投球內容，像是一隻不死鳥，讓大家感動不已。

羅勃茲（Brian Roberts）的大聯盟生涯二〇〇九年就應該結束了，這個陳偉殷的隊友，雖然在金鶯隊已經十幾年，跟陳偉殷同時在球場上的時間卻很少。他曾經是明星二壘手，長打、速度、守備、打擊率都有，是金鶯隊的鎮隊之寶。他的故事卻在禁藥調查之後急轉直下，他被聯盟的米歇爾調查點名用藥，後來也半調子地承認了，接著一連串奇怪的傷痛像是報應一樣出現，椎間盤突出，膝蓋韌帶斷裂，腹股溝拉傷，最慘的是滑壘頭被踢到，結果腦震盪了超過一年。

可是他回來了。對洋基的三連戰，金鶯把復健順利的羅勃茲放回大聯盟。他的第一個打席讓滿場的金鶯球迷起立鼓掌，因為，不管他曾經跌得多慘，能經過重重的奮鬥重回球場，像是一隻不死鳥，還是讓大家感動不已。

根據美國運動醫學期刊的長期研究，每年大聯盟球季，平均有將近四百卅九名球員會進傷兵名單。聯盟有卅支球隊，每隊廿五名正選加上幾個替補，一年只有不到一千名球員會在球場上出現。換句話說，每年都有超過四成的球員，會因為大大小小的傷而缺陣。球員的平均大聯盟生涯是五、六年左右，每年四成的受傷宿命遲早會降臨。而受傷之後，就是復健，然後回到球場。

所以，說真的，到處都是不死鳥。不過身為球迷，面對同樣的故事不同的排列組合，我們還是傻傻地一再熱血澎湃。或許是對自己未來的期望，對消失機會的感嘆，或只是短暫從現實的脫逃，每當那個只屬於我們的不死鳥重新出現在球場，我們都還是可以進入那個只有自己才懂的模式去全力支持。

加油吧，我的不死鳥！

金鶯隊春訓球場路牌 從小聯盟到大聯盟的距離

史都華．史考特的勝利終點

二〇一三年的七月，我輸了一場網球賽。那時候正經歷肩膀的傷勢，不能正常地發球，其實連手臂舉起來都會痛，後來才知道是二頭肌撕裂幾個地方，最後總共過了一年半才恢復。雖然這樣，對自己打了很多年的網球還算有信心，大大小小的比賽也經歷過不少，父親說他的朋友來ＤＣ想找球伴打球，我當然毫不猶豫地答應。結果，拚命打還是直接輸六局，蠻丟臉地下場。

打完球跟年長的對手聊天，才知道他剛結束自己一個人跟旅行團橫跨美國的長途旅行。如果說我們兩個人當中有一位要替打不好球找藉口，快要八十歲的老先生旅途勞頓，比撕裂的二頭肌更有說服力，慘輸的卻是我。

約他跟我們一起去華盛頓國民隊的貴賓室喝酒看棒球，他說那天晚上不行，而且，他不方便喝酒。仔細問了才知道，晚上是他到醫院做化療的時間。老先生這些年經歷好幾次不同癌症的治療，那年夏天，他正開始新階段一星期兩次的化療，其餘的時間，他還是快樂地運動，跟生活。

前陣子我在台北的網球場見到他，還是一樣溫暖的笑容，可惜那是一個下雨天，沒有機會再打一場球。幾個星期前他過世了，後來回想起來，那應該是我這輩子輸的，最棒的一場網球賽，每當憶起老先生的勇氣，還有態度，我就會想到史都華．史考特（Stuart

Scott）在ESPY（年度卓越運動獎）頒獎典禮上的演講。演講有點長（基於對他的尊敬，這是整段沒有刪減的講稿），讓我花了一些時間翻譯，可是請相信我，很值得細心讀完：

你知道，明天我的兄弟們會說：「哇，我在ESPY頒獎典禮上看到你跟裴頓·曼寧（美式足球明星四分衛），梅威瑟（橫跨數個量級的拳王），還有凱文·杜蘭特（NBA明星前鋒）同台呢。」我只會跟他們說：「那算什麼。介紹我上台的是拯救全世界的傑克·鮑爾（電視影集《二十四小時反恐任務》裡的主角）。」

《二十四小時反恐任務》是我最喜歡的影集，謝謝你，基佛·蘇德蘭，我感到非常榮耀。

每一天，我都被提醒，我們人生的旅程，其實跟那些感動我們的人緊密相關。剛聽說我將被授與這個獎項的時候，當下的反應，是霎時說不出話來。我曾經頒過這個獎，我曾經充滿敬畏地看著凱·瑤女士（女子籃球教練，二〇〇九年癌症過世）、艾瑞克·李葛蘭先生（大學美式足球員，比賽受傷後半身不遂），還有許多偉大的人走上領獎台。雖然我能夠理解頒獎給我的原因：我是一個公眾人物，有一個在公眾舞台的工作，我跟癌症奮戰中，希望我能夠帶給別人一些鼓勵……。可是，說真的，我不覺得我跟那些偉大的人可以相提並論。

然而，聽著吉姆·沃瓦諾教練二十一年前，在演講史上最動人的七個字：「不放棄，永不放棄。」那些偉大的人沒有放棄，沃瓦諾教練沒有放棄，所以，跟隨著獎項的榮耀，我也有了永遠不放棄的責任。

我一點都不特別。我只是聽沃瓦諾教練告訴我們的話，我仔細聽完他說的每一個字，仔細聽完每一件要我們做到的事，那些建立起沃瓦諾基金會的諄諄教誨。你知道嗎？那真的有用，我是說實質的幫助，你看到我接受實驗性治療的過程，事實上，都是因為沃瓦諾教練二十一年前的那段話，讓現在的我，還有成千上萬跟我一樣的人，能夠得到實質的幫助。那正是為什麼要有今天的活動，為什麼我們要齊聚一堂，為什麼這一切是如此的重要。

我最近又體悟到一些事情，你可能多多少少聽我說過一些。我說：

「我沒有輸，我還在這裡，我還正在奮戰著，我沒有輸。」

可是，我想該把話說得更清楚一些，當你死的時候，並不代表你輸給癌症。只要知道自己該怎樣活，知道自己為何而活，拿出最好的方式，用盡活著的每一刻，你就贏了。

所以，活著吧！活著吧！盡力奮戰吧！有時候你會拚戰得太累，那就躺下休息，讓別人幫你打這場仗。那是很重要的一件事，我不可能自己一個人「永不放棄」，我的背後有千萬的人在推特上支持我，在街上給我鼓勵；在ESPN頻道有一群很棒的人，像是頻道的管理階層，還有我的老闆們……。這是真實的故事，他們會傳簡訊給我，「聽說你今天剛做完化療，要不要讓我在下班回家的路上幫你買些吃的帶過去？」真的嗎？誰會這樣做？誰的老闆會這樣做？我的老闆會。可是就算如此，跟癌症對抗的戰役，還是比我想像的艱難很多。

各位可能不知道的是，過去十天發生的事情。我上星期五剛出院，這回在醫院待了七天。天啊，我真的被擊毀了，我的肝臟出問題，腎臟也衰竭。我在過去的七天動了四次的手術，全身都是管線，聽我說，我說的全身，是真的整個身體。一直到這個星期天，我甚至不知道能不能夠出席今天的活動。我沒有辦法跟癌症對抗了，可是，醫生跟護士們還可以。我愛的人們，我的朋友和家人們還可以，我的女朋友，她每個晚上睡在病房令人難受的行軍床上，還可以。上個星期，這些我摯愛的大家，為我做了他們一直為我做的事，他們來看我，來跟我說話，來聽我說話，有時候只是靜靜陪著我，因為大家都愛著我。這是另一個沃瓦諾基金會重要的環節，這個戰役，這段旅程，絕對不是個人的奮戰，而是需要很多幫助的事情。

幾天前，我打電話給姊姊蘇珊。為什麼？因為我想哭。就那麼簡單。我知道我可以打電話給她，我也可以打電話給姊姊辛西雅、哥哥史蒂芬、我的媽媽，或是爸爸，我可以什麼話都不說，只要哭就好，這對我來說是很重要的事情。另外，我還有一個必需品，呃，其實是兩個，兩個精力充沛、聰明而美麗的小女生。這輩子我做過最好的事情，剩下的日子裡我能夠做到最好的事情，就是當泰勒跟辛蒂的父親。真的，我不能放棄這場戰役，因為我不能夠離開我的女兒。沒錯，我常常讓她們丟臉，有時她們覺得我是暴君，她們親口這樣說過，而且還用了些不怎麼樣的形容詞來描述暴君，不過我想沒有必要跟大家詳述。不論如何，泰勒、辛蒂，我愛你們，愛得超過我能夠用言語表達的程度，你們是我的心跳，現在能夠站在這裡，都是因為你們的緣故！

我希望大女兒泰勒今天能夠出席，但她是大學二年級生，剛結束暑期的課業，新學期這個星期就開始，我的寶貝女兒，我愛妳，可是請妳繼續做妳該做的事，放手去做吧；我的小天使在這裡，十四歲的辛蒂，請到台上來吧，給爸爸一個擁抱，因為，我真的很需要。

我要再次跟ESPN頻道說謝謝，謝謝ESPY頒獎單位，謝謝大家。

祝大家有一個美好的晚上，還有美好的餘生。

——二〇一四年七月十六日，史都華．史考特於ESPY頒獎典禮

二〇一五年一月四日，演講六個月以後，史都華因癌症過世。只活了四十九年的史都華，早已是美國家喻戶曉的人物，他在ESPN頻道工作超過二十年，長期擔任節目主播，不只有許多觀眾的支持，也得到同事的推崇。許多人說他是體育轉播界的拓荒者，也因為非裔美國人的背景，更是有色人種從事體育新聞工作的模範。一名粉絲在他離開人世後寫下這段話，應該能代表很多人對他的懷念：

「我會想念史都華．史考特。二十年前，史都（Stu，Stuart的暱稱）樹立新的方式，跟大家談論喜歡的球隊，還有每天比賽的精采鏡頭。過去的二十年間，有時候因為工作的關係，我必須離開家，可是不管在哪裡，我都可以打開電視，看史都跟他的同事出現在頻道上。這些年來，他娛樂我們，而在人生的最後，他用勇氣與愛激勵我們。米雪兒和我為他的家人、朋友和同事感懷與祈禱。」——美國總統歐巴馬

類似的支持從各地湧來，他的母校北卡大把ＳＴＵ繡在球衣上，許多體育節目的主持人把他慣用的語助詞放進自己的口條，噙著淚水說「Boo-yah」，有報紙把整個體育版一天的報導，全部都改成史都華的語氣，還有洛杉磯的街頭藝術家替他畫了一大面牆。我想，這不只是對史都華的懷念，而是對我們身邊所有受到癌症影響的人，感同身受的心情。根據估計，有三分之一的地球人口，在有生之年會得到癌症。儘管醫學不斷進步，這個數字仍然從五十年前的四分之一繼續上升，甚至有研究認為男性得到癌症的比例已經逼近一半！

這個時候，人們勇敢面對病情的態度，無疑是很好的模範。沒有人能夠知道跟病魔對抗的結果會是如何，可是過程卻是我們自己可以掌握的。史都華在七年前被診斷出病情，不但沒有中止自己的工作，在這些年當中，他持續保持運動的習慣，在化療的間隔，從事高效能的P90X運動，還定期接受混合搏擊的訓練。在搏擊場上，他告訴訓練的對手，絕對不能因為他生病而放水。除此之外，陪伴史都華到終點的美麗女友，是生病以後才交往的，比他年輕二十多歲。不只是電視節目的工作，他還參與電視電影的演出，在ＥＳＰＮ雜誌的專欄也一直持續進行。史都華不是唯一一位勇敢面對病魔的勇士，你我的身邊有很多類似的勇者，像是在網球場給我上了一課的老先生，就是其中之一。史都華演說中提到的吉姆．沃瓦諾教練，在二十多年前詼諧而動人的演講也是許多人借鏡的對象。沃瓦諾的抗癌基金會，在他過世後持續幫助許多人面對難關，ＥＳＰＹ因此以沃瓦諾之名，頒發表彰勇氣的獎項。

真的，只要知道自己該怎樣活，知道自己為何而活，拿出最好的方式，用盡活著的每一刻，我們就贏了。

Boo-Yah.

奧蘭多ESPN體育中心勇士隊春訓基地入口，史都華・史考特的勝利終點。

3 失敗者的甜美人生

接下來的這些故事，都跟失敗有關。

運動場上，失敗並不罕見。我們甚至可以說，失敗比成功更常發生。在棒球比賽裡，最好的打者，三次上場打擊也會出局兩次；在網球場上，許多我們熟悉的知名球星，始終沒有辦法拿到大滿貫賽事的冠軍。

可是生命並不只有成功跟失敗這兩件事情，運動場上也是。或許，諸多競技賽事最讓我們著迷的地方，正是追尋勝利的過程當中，無法避免的失敗經驗。那些用汗水織成的故事，像是非常倒楣的哈迪克斯，或是失敗者班．派崔克，他們用艱苦奮鬥的選手生涯告訴大家，勝敗真的是兵家常事。儘管不是每個人的故事都有完美的結局，只要曾經盡全力去嘗試，過程就會值得回憶。

而身為一個球迷，該如何面對支持球隊的挫敗呢？老實說，我也不知道。我曾經努力尋找期刊，研究是不是真的有村上春樹說的「活性化的分泌物」這種東西，讓勝隊球迷的人生士氣大振，結果卻看到嚇人的報告，說敗隊球迷的死亡率高於平均值。不過就算如此，還是不能改變球迷義無反顧的支持吧。知名運動作家比爾．塞蒙斯（Bill Simmons）寫過這樣一段話，是對球迷人生很清晰的注解：

「運動就像人生，表面上看只有黑白兩種顏色：贏了／輸了，笑著／哭著，你替他們加油／你給他們噓聲……。重要的是，你真的在乎。在那黑白分明的表面之下，是我們愛上運動的真正原因，那些回憶，那些跟我們生活的關聯性，那些愛，那些跟你一樣的球迷，那些看球時候的迷信，那些你與穿著相同球衣陌生人互相的打氣……。那些超越黑白，與勝負的東西。」

儘管如此，支持的球隊輸球還是很令人心碎，下面很多故事，很多可以說是自我療傷過程的產物。

如果要選出對我人生影響最深的幾句格言，應該就是這兩段話。它們恰巧都跟失敗有關：

「你知道嗎？棒球其實是很簡單的遊戲，就是投球、接球、打擊而已。有時候你會贏，有時候你會輸，有時候，那會是一個下雨天。」

「這個世界上最美好的事情，是贏得世界大賽的冠軍；而第二美好的事情，是輸掉世界大賽。」

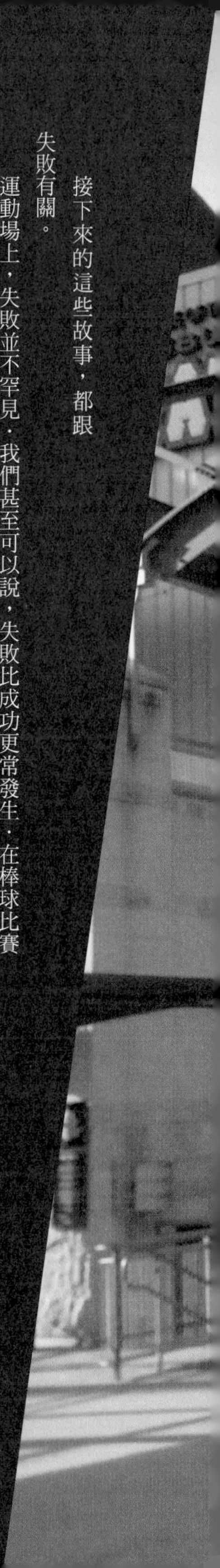

讓人心碎的遊戲

還因為不順利的球季傷心嗎？那麼，讓我跟你說一個故事吧。

故事發生在五十五年前，那天，匹茲堡海盜隊的投手哈迪克斯（Harvey Haddix），不確定晚上的比賽真的會開始。春末的密爾瓦基，陰涼昏暗的天空，空氣裡的霧彷彿可以擠出一桶水來，氣象預報說比賽的時候，可能會下大雨，比賽不一定能按時開打。不過在一九五九年，氣象預報跟巫術占卜的準確度差不了多少，他只得跟其他的隊友一起，從下午就到球場準備。

說真的，他也不確定自己能夠上場比賽。雖然是表定的先發投手，可是從清晨搭飛機的時候，就已經渾身不對勁，不斷打噴嚏，感覺四肢無力，一定是重感冒，他想。不過在旅館裡面睡一整天，起床的時候吃了份漢堡跟奶昔，竟然恢復到勉強可以比賽的程度。

對手是有全壘打王漢克．阿倫（Hank Aaron）的勇士隊。他們已經連續兩年打進世界大賽，跟海盜隊不管是名氣或實力都有一大段差距。在過去的十年之間，海盜隊的平均勝率不到四成，當時整個球季只有一百五十四場比賽，他們有三年輸超過一百場。勇士隊這場比賽的先發投手，是一九五七年世界大賽的最有價值球員柏戴特（Lew Burdette），一九五九年球季才開始兩個月，強投柏戴特已經拿到七場勝投。相對的，哈迪克斯只有四場而已。這兩位球員彼此都不陌生，他們的首度對決，就是哈迪克斯在大聯盟的處女秀。那是一九五二年，二十六歲的他贏到生涯第一次先發的比賽。

二十六歲才登上大聯盟，對哈迪克斯來說算是晚了。「事情就是這樣，有些人比較幸運，有些人不是，」他說。他剛簽約進職棒的那年，沒打幾場球，就被陸軍徵去打二次世界大戰，服役兩年之後戰爭結束，才重新進入小聯盟系統。他花了很長的時間找回投球感覺跟信心，幾年後終於在小聯盟最高層級3A拿到十八勝，正準備成為大聯盟投手的時候，收到的徵召令卻不是來自球隊，而又是陸軍。那年，史達林跟毛澤東聯手，在朝鮮半島大舉揮軍南進，結果，因為韓戰，哈迪克斯的職棒夢再度延了兩年。

一七五公分，六十公斤出頭的體型，在球場上不算出色，在戰場上當然也不算，可是他兩次參戰，還是毫髮無傷活了下來。一九五二年從陸軍退役，不久後就被拉上大聯盟，隔年甚至拿到二十勝。媒體跟球迷喜歡他從戰場退役的背景，把他當作陸軍英雄來看待，雖然，這個角色跟他在球隊裡面的綽號完全不搭調。

「小貓」（The kitten），隊友是這樣稱呼他的，只因為他在新人階段，球隊的資深左投外號叫做「貓仔」（The Cat），同是左投的他，身型又不高大，就被分到這樣一個不怎麼稱頭的綽號。

一九五四年，也就是「小貓」哈迪克斯拿到二十勝、又被選進明星隊的隔年，他在七月一日就贏了十三場比賽。隊友說他整個球季可能贏三十場球，他自己雖然不敢這樣奢望，卻對目前的狀況信心十足。他並不是球速很快的投手，可是直球、滑球跟曲球的控球都精準無比。他用整體的協調性，克服身材不高大的缺陷，成為聯盟數一數二的球員。

棒球場上的迷信之一，就是不該輕率預測未來的好成績，他的隊友顯然忘記了。十三勝之後的第一場比賽，他在密爾瓦基對上勇士隊，四局下半的時候，他們的第四棒阿迪庫克（Joe Adcock）擊出一個投手正面的強襲球，直接命中哈迪克斯的左膝蓋。「從此以後，我再也不能像從前那樣投球，」他說。

那個單季能夠拿二十勝，甚至有機會拿三十勝的強投哈迪克斯從此消失，剩下的是永遠帶著膝傷的小貓。接下來的幾年，他的勝率不到五成，在幾支球隊間數度被交易，直到一九五九年，力求振作的海盜隊才把他長期留下。

一九五九年五月二十六日，這天晚上，三十三歲的哈迪克斯其實不確定自己身體能否負荷先發的任務，不確定陰霧終日的密爾瓦基能夠進行比賽，不確定的事情已經很多，遇到的又是聯盟第一的勇士隊，又是阿迪庫克，又是柏戴特，還要加上可怕的漢克．阿倫。

沒有人會想到，哈迪克斯竟然在這天投出職棒史上最完美的一場比賽。他先發的前十二局，三十六名打者上場，三十六名打者出局，零安打，零保送，零失誤，在棒球運動裡，整場讓對手零上壘的比賽稱為「完全比賽」，大聯盟歷史超過百年，完全比賽迄今只發生過二十三次，而這二十三場比賽都只有九局而已。

更沒有人會想到，他的宿敵柏戴特竟然在這天投了十三局的比賽沒有失分。海盜隊總共打出十二支安打，柏戴特卻一分也沒丟。事情就是這樣，有些人比較幸運，有些人不是。

十三局的下半，在沒有人出局的情況下，海盜隊的三壘手發生失誤，讓第一個打者上壘。一人出局之後，哈迪克斯故意四壞球保送漢克．阿倫，接下來的打者是第四棒的阿迪庫克，那個讓他終生膝蓋隱隱作痛的強打。

阿迪庫克打出右外野方向的高飛球，球直飛到全壘打牆的頂端，比賽結束，投出十二局完全比賽，在第十三局被打一支安打的哈迪克斯輸了。這場比賽打到昏天暗地，連最後的比數都要好一陣子才釐清，結果是一比零，那個飛球是二壘安打，然後在跑壘的過程中，一向以嚴謹著稱的漢克．阿倫，因為太高興而提前慶祝，離開跑壘線被判出局，所以正式的紀錄上，哈迪克斯投完十二又三分之二局。不過當然沒有人在乎這些細節，反正，勇士隊贏了，哈迪克斯輸了。

哈迪克斯活到六十八歲過世，在他過世前三年，大聯盟的紀錄委員會決議重新界定「完全比賽」，不再用九局二十七個出局數來計算，而是以整場比賽結束為準。換句話說，哈迪克斯的完全比賽，因為在第十三局輸球，從此被取消，在紀錄簿上只是一場敗投而已。

很令人心碎的結局吧？

五十多年過去了，已經是國聯中區勁旅的海盜隊在一次外卡賽落敗過後的記者會上，總教練赫多難過地說：

「我忘記是誰說過這段話，可是棒球就是這樣，是一個完美打造，就為讓你心碎的遊戲（perfectly crafted to break your heart）。」

大聯盟職棒有三十支球隊，整個球季有兩千四百三十場比賽，想要每一場比賽、每一個球季的結局都如我們的意，是不可能的。就算球隊陣容堅強，不能保證比賽能贏球，因為有時候運氣比實力重要；就算球季勝多敗少，不能保證能夠進季後賽，因為有時候其他海盜隊總教練赫多提到的那段話，出自這段詩：

棒球會讓你心碎，
它的一切設計，就是為了讓你心碎。
比賽在春天開始，就像所有美好事物一樣，
在夏天勃發，用歡樂填滿那些下午跟夜晚，
然後，
在寒冷的雨滴才剛落下的片刻，
球季結束了，
把你自己一個人留在這裡，面對秋天。
──耶魯大學前校長，暨大聯盟第七任會長
賈馬提（Bartlett Giamatti）

球隊的表現更好；就算進了季後賽，不能保證能夠拿到冠軍，因為有時候別人的隊形更適合短系列的對決；就算贏到冠軍盃，不能保證明年能衛冕，因為一切的變數都要從頭來過。就算投完十二局的完全比賽，還是可以在第十三局輸掉。棒球，是用大數法則，讓人難逃心碎的遊戲。

可是你知道嗎？就跟起起落落的人生一樣，輸贏的結局只是故事的一部分，既然心碎十有八九總是難免，那麼就只好盡情享受故事的過程囉。年復一年的球季，有太多的回憶，有太多空氣裡棉花糖的味道，身旁愛人眉間熱情的汗水，灑在外野草地上的金黃夕陽，還有球員出場時大家興致盎然一起唱的歌……。

「在十三局輸球，其實，比『只』投九局的完全比賽，更讓人注意，」哈迪克斯後來欣慰地說。與其跟其他二十三位投手並列，成為達成完全比賽的選手之一，因為這場比賽輸球的結果，他在棒球史上反而有更獨特的定位：

一九五九年，哈迪克斯成為棒球史上最偉大的敗戰投手。

然後，隔年海盜隊的世界大賽第七戰，哈迪克斯在九局上場，把球隊領先兩分的優勢搞砸，結果下半局球隊用再見安打贏球，他搖身成為世界大賽冠軍賽的勝投。

原來，也就跟起起落落的人生一樣，棒球之神不會忘記帶來令人微笑的時刻呢。而根據大數法則，那些時刻遲早會來臨。

輸球，是第二美好的事情

「這個世界上最美好的事情，是贏得世界大賽（World Series）的冠軍，」道奇隊的老教頭湯米．拉索達說，「而第二美好的事情，是輸掉世界大賽。」這是我最喜歡的棒球名言，這段話從他口中說出來，再恰當也不過。身為史上最偉大的總教練之一，拉索達二十一年的生涯，拿過兩次世界大賽冠軍，也輸掉了兩次，其他的十七年，跟大部分的教練和球員一樣，只能看著別人比賽。我在電視機前面看著二〇一二年威廉波特少棒賽（Little League World Series），泛亞區的代表龜山少棒隊跟日本區的代表東京北砂少棒隊的比賽，腦海裡一直浮現的，也是這段話。

每次奧運結束以後，一窩蜂的褒貶很快就塵埃落定，可是，參與奧運的運動員還有很長的人生要走下去。「從奧林帕斯山上往下看的世界，跟真實的生活，還真是不一樣啊，」參加了兩屆奧運的柔道選手莫瑞．威廉斯說。他，跟許多其他的運動員一樣，有著POSD的症候——奧運後症候群，那個後來人生的一切都變得太無聊、太世俗，像是被咒語禁錮一般的徵狀。這個情況不只是在心理上，從生理上來說，有研究指出運動員的內分泌在積極的訓練下，會讓身體像是持續使用藥物的情況，而在競賽結束之後內分泌減緩，已經上癮的身體卻需要經過一段痛苦的過程才能適應。

還有研究顯示，將近八成的前捷克運動員在奧運之後出現嚴重的身心疾病，就連非國家強迫贊助的美國運動員，也有四成受影響。奧運是如此，台灣昔日的各級棒球亦是如此，我們短暫的民族主義投射，換來的可能是別人一輩子的煎熬。成年的運動員還可以說是自己選擇了競技的生涯，賭的是獎金、工作的保障，或是贊助的合約，孩子們卻只是因為天分與興趣被推上這條道路，倘若得到冠軍雖然美好，也只不過是將來的回憶而已。四十多年前的紅葉少棒，不但充斥冒名頂替、張冠李戴的造神過程，那些被捧紅的娃娃英雄們，許多更在後來落魄坎坷，壯年凋零，讓人不勝唏噓。

所以，對這些小球員來說，輸了，也請當作是第二好的事情。尤其是能夠跟朝夕相處的隊友到美國旅行，在數千到數萬名的現場觀眾，還有電視轉播（甚至是北美ＥＳＰＮ提供的３Ｄ實況）的廣大關注下出場比賽，就已經很完美。贏不贏球，其實對大人來說，比較重要。而單單就這場比賽的過程來說，戰況緊繃壓力破表，龜山少棒的李政達教練卻在臉上擠出微笑，看起來是很努力地要讓這些孩子放輕鬆比賽，相對於北砂少棒隊教練的嚴肅表情，這場比賽我們已經贏了。

「謝謝你們平日努力的訓練，參加了這麼盛大的比賽，讓不少人看見了我們的國家。如今美好的戰役已經結束，希望你們能夠到處玩玩，享受一個難忘的夏天。」台灣小將的征途在輸給墨西哥之後告了一個段落，如果我是總統，我會不論勝負，都給這些孩子同一份賀電。祝福的是他們在威廉波特之後的人生，都能夠帶著微笑全力以赴，那比任何一個冠軍盃都更重要。

PICTURE STORY
舊金山巨人隊

2

1

舊金山巨人隊的主場於 2000 年啟用，舊名 SBC 球場，後來改名為 AT&T 球場，有「大聯盟最美球場」之譽，每年的「綠寶石盃」大學美式足球冠軍盃比賽，也在此舉行。

1 巨人隊球場大門
2 巨人隊球場外選手銅像

TOGETHER
GET TIX NOW. SFGIANTS.COM/TICKETS
illie Howard Mays, Jr.
Peter and Debby Magowan

PERFECT
JUNE 13, 2012
MATT CAIN

2

24 Willie Mays Plaza
(KING)

1

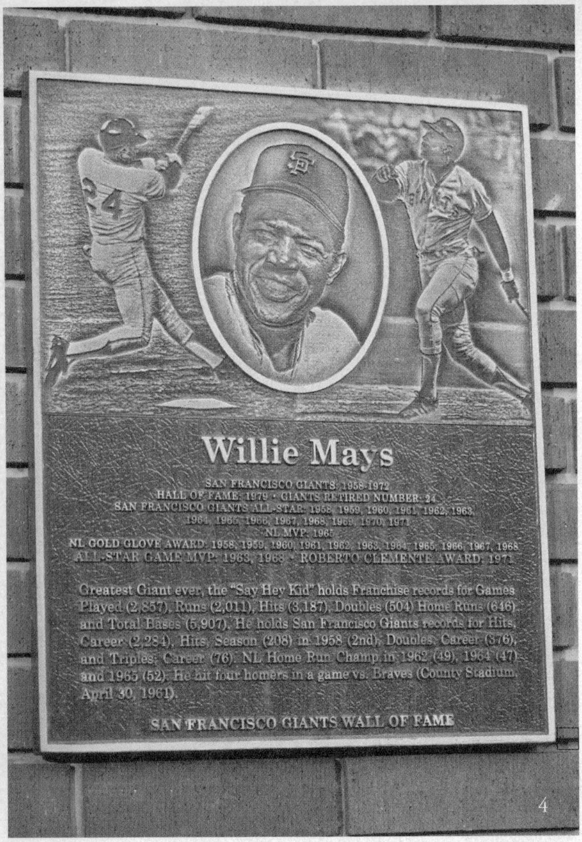
Willie Mays
SAN FRANCISCO GIANTS: 1958-1972
HALL OF FAME: 1979 • GIANTS RETIRED NUMBER: 24
SAN FRANCISCO GIANTS ALL-STAR: 1958, 1959, 1960, 1961, 1962, 1963, 1964, 1965, 1966, 1967, 1968, 1969, 1970, 1971
NL MVP: 1965
NL GOLD GLOVE AWARD: 1958, 1959, 1960, 1961, 1962, 1963, 1964, 1965, 1966, 1967, 1968
ALL-STAR GAME MVP: 1963, 1968 • ROBERTO CLEMENTE AWARD: 1971
Greatest Giant ever, the "Say Hey Kid" holds Franchise records for Games Played (2,857), Runs (2,011), Hits (3,187), Doubles (504) Home Runs (646) and Total Bases (5,907). He holds San Francisco Giants records for Hits, Career (2,284), Hits, Season (208) in 1958 (2nd), Doubles, Career (376), and Triples, Career (76). NL Home Run Champ in 1962 (49), 1964 (47) and 1965 (52). He hit four homers in a game vs. Braves (County Stadium, April 30, 1961).
SAN FRANCISCO GIANTS WALL OF FAME

4

3

TIFFANY & CO.

6

Cola

5

3 巨人隊主場紀念壘包收藏
4 巨人隊 Mays 紀念牌
5 巨人隊巨型可樂
6 巨人隊世界大賽冠軍獎杯

巨人隊大門 Mays 銅像
1 巨人隊主場紀念 Mays 的路牌
2 巨人隊球場外的紀念地標

TEAM
GIANTS DUGOUT
GIANTS DUGOUT
Opening Day
GIANTS
GIANTS
HELLO KITTY
SAN FRANCISCO GIANTS

2

1

3 舊金山灣旁的巨人隊主場
4 巨人隊球場本壘後方貴賓席
5 巨人隊主場海報

巨人隊球場購物商店
1 巨人隊的 HelloKitty
2 巨人隊的史努比卡通人物

讓孩子摔倒的勇氣

有一天，我們的孩子會自己上廁所，能夠騎自行車，接著很快長大成人（或許那才是一生中最跌跌撞撞的時刻），我們會突然領悟，原來當父親的大部分責任，其實是看著孩子們摔倒。

你當然希望他們不要經常摔跤，你在孩子的身邊努力並肩跑著，可是他們一下子變得太快，你的雙腿也不再像從前一樣有力，只能眼睜睜地看著孩子離你而去。如果他跌倒的話——這是一定會發生的事情——會在遙遠的地方，你只能希望到時候有陌生人能夠把他扶起，而你只能蹲在路旁等待。

甚至會有這麼一天，孩子逐漸把恐懼轉變成勇氣，他不會再環顧四周尋找父親的蹤跡，這是一件好事，它叫做成長，對孩子和父親來說都是，身為家長，那更是我們存在的意義。

儘管那些年跌倒的痕跡，不管經過多久，瘀青還是隱隱作痛，有些傷痕更會永遠留下，尤其是在父親的心裡……可是總有一天，如果孩子想要獨立面對未來，父親們也只能放手，畢竟，他已經學會騎自行車，學會自己上廁所，其他的事情應該也不難吧；至少，有些時候，是不難的。

——Yahoo Sports，提姆．布朗（Tim Brown）

晚冬的二月天寒地凍，大半美國還被冰雪覆蓋著，棒球已經在亞歷桑納和佛羅里達州甦醒過來。大聯盟的春季訓練陸續開始，選手跟教練們回到熟悉的草坪，職棒記者也結束十幾個星期的緩慢步調，用自己的筆觸，把南邊的陽光帶給窩在暖氣房的球迷。

對有些選手來說，春訓是值得興奮的時光，他們正在生涯的巔峰，再過幾個星期，球季就要開始了，球迷的歡呼跟掌聲似乎已經在耳邊縈繞。可是也有一些球員，不知道在哪裡出差錯的棒球人生，春訓是他們的最後一博的起點，如果沒有出現轉機，今年可能是大聯盟生涯的終站。

舊金山巨人隊的林瑟康（Tim Lincecum）就面臨如此的危機，入選四屆明星賽，拿過兩次投手最高榮譽賽揚獎，剛滿三十歲的他，卻早已跟三、四年前的自己判若兩人。二〇一一年球季防禦率只有二．七四的少年強投，二〇一二年來三個球季的成績分別是糟糕的五．一八、四．三七、四．七四。巨人隊在他身上的豪賭，兩年十億台幣巨約，即將在今年底到期，如果這季不能恢復昔日的身手，恐怕再也沒有人願意給他機會。

林瑟康的身材瘦長，完全不是頂尖運動員常見的比例，儘管棒球是最不講究球員身材的運動，他仍然是罕見的異類。他看起來瘦弱無比，卻能夠輕易投出將近一百六十公里的速球，隊友因此給了「怪物」的暱稱，與其說是揶揄，其實是尊敬。二十一歲的時候被選進巨人隊，在小聯盟只待不到一年就直升大聯盟，隔年連續拿下兩次賽揚獎，有這樣的成績，他一向不諱言是父親克里斯的功勞，可是，他已經很久沒有跟父親談到棒球了。

林瑟康的爸爸克里斯在西雅圖的波音公司工作，媒體曾經以訛傳訛地說他是工程師，用流體力學的背景替兒子設計出最佳的投球動作，聽起來故事性十足，可惜只是憑空想像出來的。其實克里斯的職務是物流作業員，之所以能夠幫助林瑟康練習，是因為從前也是一流的業餘選手，還打過半職業的球賽。他對投球有自己的一套理論，從肌肉群組的運用、練習的頻率、到各種球路的姿勢，都有林瑟康從小就遵循的標準。克里斯對整套系統十分堅持，認為儘管兒子投球的姿勢跟訓練需要持續的微調，來適應一直在改變的身體，除此之外，不管兒子到任何一支球隊打球，他都需要保持高度的自主性，換句話說，從克里斯的角度來看，林瑟康的職業生涯，投手教練最好不要插手。

林瑟康職業生涯的開始不能更順利了，小聯盟的幾個月，他在各個層級的農場都所向無敵，對手在他的手中連碰到球都很困難，最後總計小聯盟面對的打者，有超過三成被他三振出局。升上大聯盟後，二十四歲單季拿到十八勝，勝率跟奪三振數都是聯盟的第一名，同樣的佳績持續了三年，剛滿二十八歲的他，卻遇見生涯首度的瓶頸。林瑟康沒有受傷，傲人的球速卻不見了，對手總是輕易抓住投球的破綻，然後用最兇狠的方式讓球飛越圍牆。

林瑟康嘗試過各種方法，他增加十幾公斤的體重，努力重量訓練，結果沒有幫助；他把體重再減回當年的標準，想抓住過去投球的感覺，結果被打得更慘；巨人隊替他找來許多專家一齊檢視，可是也看不出個所以然。林瑟康之所以所向披靡，正因為他是難得一見的怪物，可是在威力盡失之後，也因為他是前所未有的異類，沒有一個凡人可以幫得上忙。

在整個過程裡迷失的不只是他，克里斯也一起變得失落。跌跌撞撞的兒子再也不相信他了，年薪是爸爸幾百倍的明星球員，幹嘛還要聽沒有用處的嘮叨呢？他們從原本亦師亦友的親密關係，變成逢年過節才勉強見面的禮貌應對。漸行漸遠的日子，轉眼間也過了好些年，可是，就算斬斷跟爸爸的連結，林瑟康的成績還是絲毫沒有起色。

舊金山巨人隊在二〇一四年球季再度拿到世界大賽的冠軍，林瑟康因為表現太不穩定，差點沒有被教練團排進參賽的二十五名球員名單裡。球季一結束，林瑟康立刻拿起電話，打給在西雅圖的爸爸。

「對不起，」他說。三十歲的林瑟康，跟父親道歉，請他幫忙重新看看自己投球的問題。十一月，其他球員正在享受難得的假期，他已經開始練投，一球一球地，遵循父親的設計，練習著。儘管沒有人知道林瑟康能否再拾回舊日的光芒，可是沒有人可以輕忽他的努力。父子倆不但重歸舊好，克里斯更正式進駐巨人軍的訓練營，第一手提供兒子需要的幫助，這是春訓開始的時候，所有媒體都沒有錯過的新聞。

就像前面提姆·布朗為這個故事寫下的完美註腳，對孩子跟父親來說，不管是跌跌撞撞的過程，或者是放手讓孩子摔跤的勇氣，都是共同成長的一部分。儘管知道跌倒的時候很痛，儘管知道那些傷痕可能留在心裡一輩子，有一天，我們還是得讓孩子自己長大，勇敢讓孩子自己去摸索未來，看著他們一次一次地成功，也看著他們一次一次地失敗。或許孩子們會回頭再找尋協助，或許從此就展翅飛翔，身為父親，只能站在這裡，暗地替他們祈願。畢竟，他已經學會騎自行車，學會自己上廁所，其他的事情應該也不難吧；至少，希望大部分的時候，是不難的。

林瑟康在二〇一五年春訓表現優異，順利進入開季先發輪值，並於四月十日首戰投出七局無失分的好球。

PICTURE STORY

華盛頓國民隊

國民球場於 2008 年落成，可以遠眺國會大廈。圖為國民隊一萬五千元台幣的座位特區。

國民隊開賽掌旗隊

PITCH
RESERVED FOR
FANS HANS
RYAN
ZIMMERMAN:
FACE OF THE
FRANCHISE
SECTION
121
ROW
S
SEAT
13
PRICE
$140.00
Cincinnati Reds
vs
WASHINGTON NATIONALS
SUN APR 15, 2012 01:35 PM
PNC DIAMOND CLUB ACCESS
All inclusive food

1 國民隊搖頭娃娃收藏
2 國民隊 PNC 俱樂部季票識別證
3 國民隊主場外野二樓觀眾休閒區現場 live music

國民隊季票戶外 VIP 餐區保留席

球迷總有心碎時刻

身為一個華盛頓國民隊的球迷，二〇一二年六月中的這個周末應該很值得高興，球隊的一到三號先發投手在波士頓成功壓制紅襪隊的打擊，完成這個球季迄今難得的橫掃，星期天午場的比賽，同一個分區的其他所有球隊都在跨聯盟賽事中輸球，更是錦上添花。家裡的小女生陪在電視機前面看著比賽精華的重播，只比她大不到八歲的少年強打哈波是這場比賽的英雄，誇張的是連國民隊的球評都在轉播區美技接住一只界外球，陽光、啤酒跟小女生的笑容，棒球迷的完美周末。

幾乎是，棒球迷的完美周末。

問題是在這個接近完美的周末，我讀了該死的比爾．塞蒙斯的專欄。塞蒙斯是我們這個世代最有分量的運動作家，他在林來瘋的高原期對歐巴馬總統的專訪，被許多台灣媒體引用過。他創造出的許多運動詞彙跟理論，讓許多後繼者又愛又恨地流傳著。

他這個故事寫的是在洛杉磯帝王隊的球場，七歲女兒的第一次心碎。帝王隊在職業冰上曲棍球史丹利盃以三比零領先，只差一場就可以拿到隊史上首度的冠軍，結果在他們父女的面前，輸了主場的比賽。帝王隊是她的球隊——塞蒙斯自己是頑固的波士頓球迷，只因為住在洛杉磯所以買了帝王隊的季票，付出的代價就是女兒變成別人的支持者。在這場可能封王的比賽，最後一節變成一面倒的慘敗，她的眼淚在球隊反攻無效後，就不停地，落了下來。

我突然體悟在這些年來，我竟然毫無意識地種下那個終將讓小女生心碎的片刻。身為一個球迷，心碎是必然的宿命。我們蜷曲在沙發的同一個角落，因為那個位置帶來上一場比賽的勝利，我們暗自計算同行朋友的勝率，開始排除跟衰神一起去球場的機會，可是，心碎總會來臨。所有的職業運動賽事幾乎都是一樣，如果把整個球季縮小成七場比賽，贏到四場的那支球隊就會在聯盟領先，而輸四場的球隊就是聯盟墊底的角色。每七場比賽的一場勝負差別，決定了球隊的命運，而球迷的心情就懸在那一線之間。連勝總會夾雜著連敗，僥倖帶來的勝利總會有莫名其妙的敗戰相隨，選擇變成一個球迷，就是自願讓別人隨時可以對我們的腹部來記重拳，那個會讓人呆個半晌，或是欲哭無淚，或是潸然淚下的重擊。

而我竟然讓我的小女生即將經歷這一切。我知道，她總有一天會認識那個讓她傷心（混帳！）的男（女）朋友，總有一天會發現別人的心機，她總會經歷那些成長過程裡不能避免的心碎片段。可是，她可以不需要是一個球迷，不需要像我們一樣終日面對薛西弗斯的巨石，背負一個一個球季間永無止盡流轉的煎熬啊。

不過，我知道，我能夠期盼的是那些夾雜在比賽間的時光，像是這個夏日的周末，會讓球迷難以避免的悲劇宿命變得值得。其實，最差的球隊，七場比賽還是可能贏到三場，再糟的球季，總會有讓人雀躍的片刻。而寫完這篇文章的此刻，帝王隊正在第六戰以六比一大勝封王，在主場史代波中心滿場一萬八千個觀眾裡，塞蒙斯的女兒想必已經忘了前幾天的心碎。原來，這些歡笑跟淚水交雜的過程，跟人生其他所有的事情，並沒什麼兩樣。

然而，就在幾個月後，我和女兒在華盛頓國民隊首度季後賽的球場上，五戰三勝的系列賽事，這是攸關球隊是否能夠進軍第二輪的第五場比賽。我們支持的球隊一路領先，在九局上半兩人出局，兩個好球，只差一個好球比賽就要結束的時候，安打、盜壘，再安打，比賽立刻被逆轉。就這樣，一記朝向腹部結實的重拳。

我想，那是她第一次的心碎。但就算早知道球季的結局，還是沒有人能夠偷走整個球季快樂的回憶啊。

班・派崔克，一個魯蛇的故事

班・派崔克是一個大聯盟捕手，或者說，他曾經是一個大聯盟捕手。最近一次站在大聯盟的舞台，已經是十幾年前的事情。

派崔克在高中時期就在運動場上展露頭角，棒球足球雙棲的他，十八歲就被科羅拉多落磯隊在第二輪選進球隊，在小聯盟經過四年的歷練進入大聯盟。現在年輕球員平均登上大聯盟的年紀是二十四歲出頭，捕手更是將近二十五歲，派崔克二十二歲就登上職棒最高的舞台擔當捕手的重任，算是少見的情況。而他不僅是年輕而已，在他初登場的第一年，替補上場，卻有四支全壘打和超過三成的高打擊率，隔年打數增加，打擊率也沒有因為樣本數提高而降低。

可是再過一年，他卻像是突然找不到準星一般，變成一個打擊率兩成出頭的打者，二〇〇三年的七月他終於被失望的落磯隊交易到底特律老虎隊。在他離開球隊之後的十二天，一個年輕的東方投手穿著落磯隊的球衣，在大聯盟首度登板。他的名字叫做曹錦輝，投了六・一局拿下勝投，是首位來自台灣的大聯盟投手。

派崔克的底特律老虎隊生涯，僅僅持續了兩個月，老虎隊在球季之後把他釋出。隔年，在春訓跟短暫的小聯盟球季之後，他宣布從棒球場上退休。二十六歲，這個其他人剛登上大聯盟不久的年紀，他的棒球生涯卻已經結束了。

派崔克退休的那天，他向球迷和媒體宣告一個困擾著他職棒生涯的祕密：在他剛登上大聯盟的那一年，醫生就發現他有帕金森氏症。退休後，他經過了幾次危險的侵入式腦部手術，手術的併發症差點奪走他的性命，換來的是帕金森氏症的症狀大幅減輕。派崔克現在有兩個可愛的女兒，和一本記錄他的棒球和人生的書。

跟朋友談到派崔克的故事，說著說著自己突然覺得慚愧了起來。並不是因為我在聽說他的書之前，並不知道他短暫的棒球史，相反地，是因為如果當年我聽說過他，看著他在棒球場上從天之驕子變成毫無用處，卻對他不由自主顫抖的病症一無所知，我可以想像自己脫口而出一堆「廢物」、「白癡」之類的批評。我常常忘記棒球員，或是任何一個在公共殿堂表演的人物，原來跟我們一樣，也在默默接受生命的各種挑戰。我付錢進球場，我打開電視，我買了他們代言的商品，並沒有讓我變成比他們偉大的人，可是為什麼我在面對自己的生命的時候替自己找了無數的藉口（昨天沒有睡好／我家小狗生病了／剛跟女友分手，所以沒有心情工作／寫功課／做家事），對於別人，我卻可以不分情由地批評呢？

站在台下，一切都想當然爾地簡單起來。設身處地想一想，王建民的出軌人生或許值得受人奚落，可是如果是你我走過復健的長期低潮，情況又會是如何？郭泓志不知道是不是還有回到球場的一天，而他那找不到準星的心理煎熬，我又能了解多少？原來，嚴以律己也是知易行難的一件事；原來，或許跟我們一樣，他們對於那些一段一段無法避免的挫敗，已經盡了很多的努力。

—郭泓志道奇隊時期台灣日搖頭娃娃公仔

深受傷勢與心理疾病折磨的郭泓志，從二〇一二到二〇一三年，休息超過十二個月後，返國加入中華職棒，擔任統一獅隊的守護神。二〇一四年球季出賽了五十場，拿下二十七次救援成功，並且有防禦率二．五九的高水準表現。

失敗的幸福

「下午是棒球，晚上，是戀愛，」八十三歲的「小熊先生」厄尼．班克斯說。這天是芝加哥小熊隊威格利球場的百歲生日，雖然比賽和慶典是從早上開始，將近零度的低溫，風城刺骨的冷風，都抵擋不住三萬多名球迷的熱情。班克斯當然是活動的重要嘉賓，他的銅像都已經豎立在球場好些年了，他說自己很喜歡站在那座銅像的旁邊，去驚嚇不認識他的年輕球迷。

小熊隊在過去一整個世紀裡，球隊的勝率只有四成八八，在芝加哥主場的勝率也是聯盟倒數前幾名。班克斯十九年的生涯裡，進入明星賽十四次，拿到全壘打王跟單季最有價值球員兩回，如此的佳績讓他在退休後的第一輪票選就登入名人堂，卻救不了小熊的戰績。那十九年當中，小熊的敗場總共比勝場多了兩百六十二場。

難怪班克斯回憶起自己的球員生涯，最令他懷念的不是贏球的滋味，而是在草地上像是男孩奔跑的快樂，以及和隊友，還有觀眾之間的友情——那種以球場的圍籬為界，像是一個四合院大家庭的感覺。班克斯把威格利球場叫做「友情的疆界」（Friendly Confines），後來，變成大家對這個球場的暱稱。

這一百年來，小熊隊跟紐約洋基隊相比，多輸了一千四百場球，或許有人會因為這個整世紀無緣奪冠的悲慘紀錄，替小熊球迷抱屈。我卻覺得，當一個弱隊的球迷，是另一種

養樂多隊主場黃昏球迷

幸福。

村上春樹是東京弱隊養樂多的球迷，曾經抱怨如果自己喜歡的是常勝的東京巨人軍，人生可以充實豐富得多。可是要不是一九七八年的一個四月午後，村上坐在明治神宮的養樂多外野區喝著啤酒，看著這支二流球隊的比賽，突然決定開始寫小說，後來也沒有那些改變我們生活的故事一個一個出現。儘管那年養樂多竟然在廣岡達朗監督的領軍之下，拿到了隊史上的首次冠軍，這支球隊還是一支公認的弱隊。養樂多隊創隊以來的勝率是四成六七，跟小熊差不了多少。

當一個弱隊球迷的幸福，是學會「輸」這件事。在西方文化的全人教育裡，運動是不可或缺的一環，大部分的家長會鼓勵自己的小孩參加競技類的運動，因為競技比賽才會有贏有輸，就像真實的人生一樣。我們在孩子成長的過程當中，最容易出現的無心之過，就是讓他們沒有機會經歷無數次的慘敗。那些後來把我們的自信一棒擊沉的懸殊比數，或是領先到終場卻被對手狠狠逆轉的心碎感覺，每經歷一次，從痛苦中恢復的歷程就縮短一些。從小開始輸起，是很幸福的一件事情。回顧我們自己長大之後面臨的挑戰，失敗往往是成功，或是下一次失敗必經的過程，就算是洋基或是巨人，也有四成以上的比賽輸球。

如果不能讓孩子親身參加競技的話，那麼至少讓他（她）愛上一支球隊吧。強隊也好，弱隊也好，經歷幾個慘澹的球季，等到他們首度失戀／基測搞砸／求職碰壁的時候，就會少痛一些。小熊隊的老闆在百年慶典上說：「我們比別人都知道要怎樣輸球，反正有一百年的經驗了，就讓我們慢慢變好吧。」這樣的失敗者心態，怎能讓人不喜歡？

在電影《回到未來》中，二〇一五年是劇裡小熊隊終於拿到冠軍的一年，許多芝加哥的球迷都很期待預言的實現。力求振作的小熊隊找來聯盟最好的教練麥登，球隊的陣容也積極補強，可惜，二〇一五年一月二十三日，始終相信球隊會奪冠的小熊先生班克斯，在芝加哥因為心臟病過世。

逆轉敗後的人生

一九九四到一九九五年的大聯盟罷工，改變了很多人的未來：屬於工會的大小聯盟球員都拒絕出賽，前俊國熊投手威爾因此差點替補進大聯盟；積弱不振的水手隊，利用罷工縮短的球季演出逆轉之戰，成功把球隊留在西雅圖；麥可．喬丹因為中輟的球季，決定放棄奮鬥整年的棒球夢，回到籃球場，重啟芝加哥公牛隊的霸業；西班牙裔年輕女法官索尼亞．索托馬約爾（Sonia Sotomayor），作出終結罷工的重要判決，讓她首度受到全國性的矚目，十五年後，經過歐巴馬的提名，成為第一位西班牙裔的大法官。

當然，也有罷工的受害者。

紐約洋基隊有超過百年的歷史，再長的盛世，難免仍有衰敗的時光。整個八〇年代到九〇年代的初期，洋基隊簡直是紐約的笑柄，不但打不進季後賽，有時連五成勝率都難保。從八八年到九一年間，他們就用了五個不同的總教練，每一個連座位都還沒坐熱，就帶著慘澹戰績黯然離開，這一切的窘況，直到他們讓一個三十六歲的年輕人職掌兵符才改善。

蕭華特（Buck Showalter），是一個待在小聯盟七年，始終沒有機會登上大聯盟的外野手。他的速度平平，沒有長打能力，曾經短暫升到 3A，不過馬上用兩成出頭的低打擊率證明自己只有 2A 的水準，二十七歲終於決定告別選手生涯，嘗試擔任球隊的教練。這個轉變竟然非常成功，從短期1A，正式1A，到2A，幾乎每兩年就因為戰績彪炳而升級。一九八九年他得到小聯盟最佳教練獎，隔年馬上被網羅到洋基大聯盟的教練團裡。

九一年球季結束，又一個總教練因為勝率不到五成而折損後，球團決定放手讓這個年輕人試試看。一九九三年，蕭華特讓洋基隊重回分區第二名，雖然本身沒有任何大聯盟出賽的成績，又是首度職掌兵符，可是他很迅速地建立起自己的風格。蕭華特很能夠發掘選手的長處，又擅長凝聚球隊的向心力，陣中老將包格斯（Wade Boggs），馬汀利（Don Mattingly）組織經驗豐富的內野防線，外野是年輕的威廉斯（Bernie Williams）跟正值巔峰的歐尼爾（Paul O'Neill），投手陣容由基伊（Jimmy Key）領軍，獨臂奧運英雄艾伯特（Jim Abbott）也在隊裡，「教練很神奇地把對的人放在對的位置上，這應該是我打過最好的球隊了，」他說。

九四年是洋基最有機會的一年，八月初基伊就已經拿到十七勝，歐尼爾在美國聯盟的打擊排行榜遙遙領先，稍微有機會威脅他的，是自己的隊友包格斯。球隊有聯盟最高的上壘率，第二多的總得分數，從七月底開始持續連勝，好像沒有人可以阻止他們重回季後賽，甚至拿到世界大賽的冠軍……

除了罷工以外。

九四年八月十二日，大聯盟勞資協議破裂，正式進入罷工期，復工的談判持續一個月仍然沒有轉圜，聯盟會長在九月宣布取消季後賽，也取消了洋基隊的希望。九五年法官索托馬約爾宣判資方敗訴，新球季急就章登場，對洋基來說，最佳的機會卻已經消失。主戰

—洋基世界大賽冠軍獎杯

投手基伊受傷，艾伯特離隊無疑是很大的損失，決定性的影響卻來自縮短的春訓與球季，讓比賽充滿未知的變數。運氣難免會影響比賽勝負，在這年，它更經常主宰比賽的結果。成軍以來還沒有打過季後賽的水手隊，竟然讓人跌破眼鏡，追趕上遙遙領先的天使隊拿到分區冠軍，接著在季後賽第一輪就讓洋基隊打包回家。

對西雅圖與水手隊來說，那是帶來希望的逆轉勝利，對蕭華特來說，卻是繼不如意的選手生涯後，人生的再度挫敗。經過罷工事件，洋基老闆原本就欠缺的耐性早就消磨殆盡，不顧連續兩年球季賽的好成績，一次季後賽失利馬上讓蕭華特丟了飯碗。那年，他還不到四十歲。

蕭華特親手打造的球隊，在他離職後的九五年，立即拿下世界大賽的冠軍。隊長馬汀利是這樣說的：

「蕭華特跟球隊總經理，在那幾年裡，完成了很棒的工作。他們奠定球隊的基石，建立球隊的態度，讓年輕球員有所貢獻，很顯然地，繼任的總教練托利（Joe Torre）適時地接手這支準備好的球隊，也是很完美的人選。

很可惜地，蕭華特花心力建立起球隊，卻來不及看到成果。」

同樣的劇情隔幾年再度上演，蕭華特在新成軍的響尾蛇隊，先是擔任球隊準備期的顧問，後來接任總教練，卻又在球隊拿到總冠軍的前一年被炒魷魚。

聽起來蠻悲慘的故事，蕭華特卻不這樣想。「人生本來就不是公平的，」他說。洋基球迷並沒有淡忘蕭華特的貢獻，二〇一三年網站投票，有四分之一的球迷認為如果他沒有被迫離開，後來會拿到比托利更多的冠軍戒指。

雖然結果不盡人意，這些把球隊從谷底重整的經驗，讓他在聯盟裡得到廣泛的肯定。一九九四年因為罷工夭折的球季，蕭華特首度拿到年度最佳教練；十年後在德州遊騎兵隊，他因為帶領聯盟公認最爛的隊伍差點打進季後賽，再度得到同樣的榮銜……接下來的故事，台灣的朋友應該更熟悉，二〇一四年，蕭華特讓球季初無人看好的金鶯隊進入季後賽，相隔十年，又拿到年度最佳總教練。對啊，故事的主角，就是那個把中國（China）跟台灣（Taiwan）分得很清楚的，同一個蕭華特。

其實，只要繼續回到球場不放棄，儘管逆轉敗，還是可能有再逆轉勝的一天。

連在那年罷工事件慘敗的資方，後來也發現抑制球員薪水，並不是提高球隊利潤的唯一途徑。大聯盟汰換不適合的球團／威脅利誘地方政府投資新球場／提升明星球員的吸引力／運用數據提升轉播的精彩度，不但讓各隊收入大幅上揚，球團的價值也水漲船高。

所以，如果把勝敗這件事情，放在時間軸上慢慢琢磨，一時的輸贏，真的沒有那麼重要。

4 五育並重的人生課題

說到教育這件事情，對在台灣長大，在美國社會化的我來說，有很深的感觸，儘管台灣現代教育的理念多半源自美國，兩地還是有根本性的差異。在西方文化裡，全人教育的理念是社會裡根深柢固的概念，在課本上能夠得到的智育只是選項之一，同樣的理念搬到亞洲國家之後，我們在校園經常可以看到「五育均衡」四個大字，學校招生也多了「多元化入學」的途徑，可是來自四面八方的競爭壓力，讓大部分的學童，只能乖乖的念書。更糟的是，少數孩子選擇從事運動項目的訓練，不管是義務教育裡的體育班，或是大學的體育系，注重的是比賽跟成績，有時連智育的低標準都被忽略。

前幾年耶魯大學亞裔教授蔡美兒在美國媒體掀起了一陣虎媽風潮，她剖析了亞洲父母強迫介入型的教育模式，很瞧不起西式父母尊重子女的態度，認為那只是家長替自己的偷懶找藉口。新加坡著名的品酒師莊布忠對她的評論挺有趣，他說，如果蔡美兒是釀酒師，那麼葡萄酒就會只剩下紅葡萄赤霞珠酒（Cabernet Sauvignon）跟白葡萄霞多麗酒（Chardonnay）。這兩類葡萄是釀酒最常用的品種，可是葡萄酒之所以迷人，就是因為除了這兩種葡萄之外，還有各式酸甜不一的品種可以用來釀造，甚至是水果也可以釀成酒。就像是人生一般，除了用功念書之外，成功之路有千百種，誰說我們的孩子只能當赤霞珠或是霞多麗呢？

這並不是一個簡單的課題，不管怎樣，對我來說，教育這件事，最重要的還是看到女兒的笑容，不管她選擇那一條道路。這些運動場上發生的故事，在這些年裡，或多或少幫助我們一起成長。

阿格西的網球惡夢

阿格西的《公開》是我在這些年當中所讀最誠實的自傳，最動人的勵志小品，最峰迴路轉的小說。

「這世上除了網球場之外，我最不想待的地方就是父親開的車。但我的童年歲月註定要在這兩種監獄當中交錯度過。」阿格西在書裡寫下他對網球的痛恨。他從四歲開始，被崇尚斯巴達式教育的父親架上網球場，一年一百萬次的揮拍擊球，卻怎樣也得不到父親的讚賞。彷彿是宙斯給薛西弗斯的懲罰，巨石日復一日落回原點，而小男孩只得低著頭接受一再重複的試鍊。

可是正如你我在球場上看到的，阿格西卻因此成為史上最偉大的網球選手之一。在電腦排名開始之後，三十多年來僅有二十四名球員曾經站上世界第一的寶座，其中有連續盤據首位四年多的費德勒，也有表現始終不墜，迄今仍保有最多首位排名周數紀錄的山普拉斯，可是阿格西的紀錄卻是最庶民而動人心弦的。年少成名的他曾經在傷痛和自我放逐之間，世界排名落出百名之外，可是卻又在三十三歲的高齡，重回第一的寶座。

如今年近半百的阿格西已經從職業賽事中退休，有著史上累積第四高的比賽獎金，令人稱羨的婚姻，是一個看來頗為完美的網球人生。能夠擁有這樣的結局，除了要有過人的意志力之外，諷刺的是，當年他怨恨的重複練習，卻是成功最重要的條件。知名的心理學家安德斯・艾瑞克森（K. Anders Ericsson）在研究中指出，所謂的專家，其實只是經過不斷重複的練習而已。這個理論在運動心理學上被普遍認同，後來也被葛拉威爾在《異數》中引申。葛拉威爾認為，所有成功的人士，其實沒有什麼天分的差別。從披頭四到比爾蓋茲，不管是要專精在什麼領域，都需要經過至少一萬個鐘頭的重複練習，這個說法，在近年來也已經被廣泛接受。

這和我們一貫相信的通才教育難免有本質上的牴觸。人生扣除吃飯睡覺跟胡思亂想，其實沒有很多一萬個鐘頭，在小孩成長的過程中，時間更是寶貴的不得了。這樣說來，家長似乎要無奈做下決定，是要孩子成為五育齊頭發展的全人，還是要像阿格西一般，中學都沒能畢業，卻在他的專業領域成為世界第一。其實連阿格西自己也一直在思索，如果他的人生可以重來，他到底會選擇怎樣的人生呢？他的父親卻是很確定問題的答案，他說，如果再來一次，他還是會用同樣的方式教育自己的孩子，不同的是，他會讓阿格西打棒球或高爾夫，因為這樣他可以晚點退休，賺更多的錢。

不管怎樣，阿格西終於跳出薛西弗斯的惡夢。而身為一個家長，我們更應該要深刻警惕，不要讓孩子活在惡夢裡。

PICTURE STORY
日本東京巨蛋

1

2

東京巨蛋是日本職棒讀賣巨人隊的主場，除了運動比賽之外，
也設有「東京巨蛋城」主題樂園。

1 東京巨蛋棒球博物館
2 東京巨蛋球場外地磚

王　貞治

通算868本壘打

1 日職名人堂球員紀念牌近照
2 日職名人堂球衣
3 日職名人堂紀念牌王貞治特寫

東京巨蛋棒球博物館王貞治像及球衣

WBC 侍ジャパンの軌跡
JAPAN
Japan
83
Japan
89
2006 WBC
優勝トロフィー
2009 WBC
優勝トロフィー

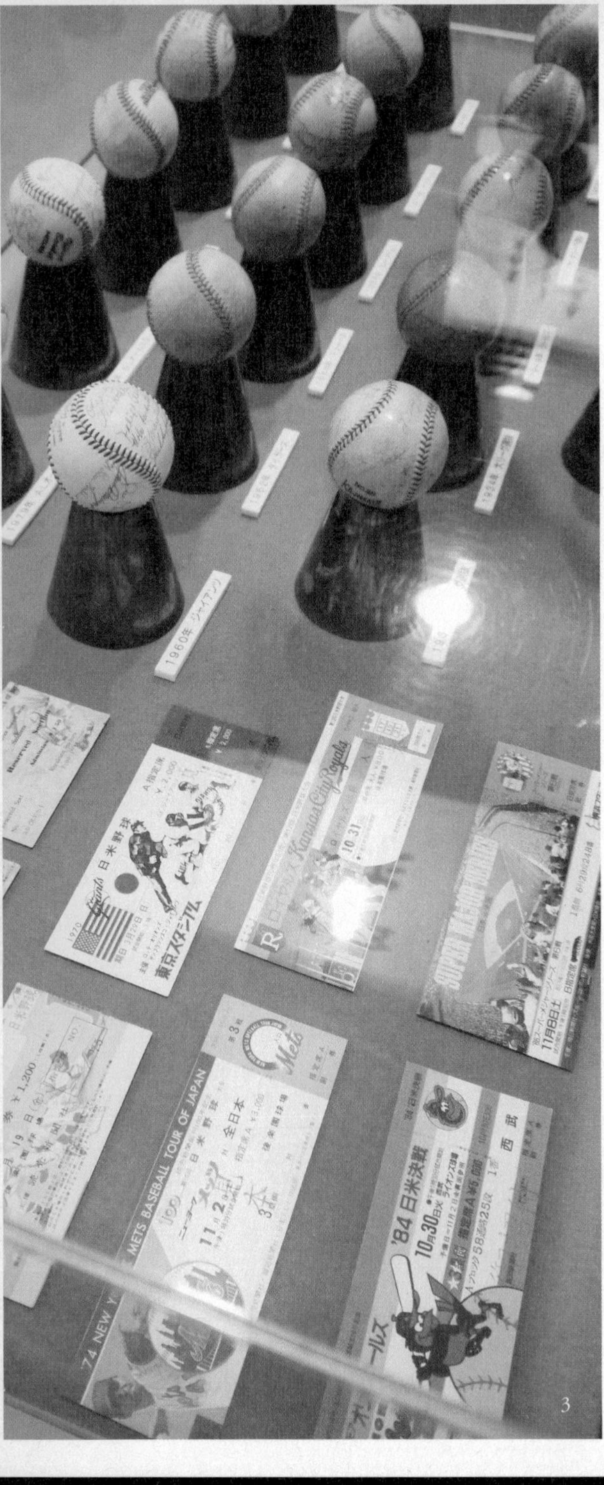

1 東京巨蛋巨人隊海報
2 日職名人堂貝比魯斯球棒
3 日職古老球票

日職名人堂經典賽球衣

運動和贊助的食物鏈

張德培無疑是史上最佳的亞裔網球選手，儘管退休多年，曾經高居世界排名第二的他，仍然是亞洲網壇最具地位的球員。他在十七歲那年，就拿到大滿貫賽事之一的法國公開賽冠軍，不過終其職業生涯，他的大滿貫冠軍，其實就只有那麼一座。就連亞軍的獎盃，也不過拿到三次而已。

所以詹詠然和莊佳容從二〇〇六年到二〇〇七年，不到十二個月的時間裡，就在兩項大滿貫賽事進入冠亞軍決賽的成績，絕對是令人讚賞的表現。儘管雙打的重要性遠不及單打的比賽，在頒獎台上飄揚的中華民國國旗，卻是千金難買。

嶄露頭角的詹莊兩人，曾在台灣帶動起一系列的企業贊助風潮。對於球技在職業邊緣卻苦無資源的球員來說，這些幫助可說是雪中送炭。然而，企業的贊助風潮總會有退燒的一天，仰賴企業的金援並不是長久之計。

怎樣才會有源源不絕的運動資源呢？說到這個，我常常想到老王。他是我打網球的朋友，浙江義烏來的科學家，兒子叫做丹尼斯。丹尼斯從五歲開始，就跟著爸到網球場練習，現在已經是一個很好的小球員，越級參加比賽也有不錯的成績。老王除了得意以外，實質上的收穫，就是知道這個兒子的大學學費不用愁了。他很有把握地說，在大學聯盟二級以下的學校，拿網球獎學金對丹尼斯來講絕對沒問題。

紐約美國網球公開賽

為什麼學校會有運動的獎學金呢？在美國，這是一個完整的食物鏈結構。校園運動的收入，從門票、轉播權到學校紀念商品，是學校重要的財源之一。當然，無形的效益也不容忽視，就像是企業的企業形象廣告一般，校園運動的成績，對於學校的知名度來說極為重要。正由於學校經營校園運動能得到諸多益處，有天分的運動員自然變成不可或缺的資源，更有甚者，有些學校的足球或是籃球教練，年薪還能夠超過學校校長。在大學各個單項比賽的賽季當中，因為比賽的競爭張力十足，自然吸引觀眾的注意，轉播權利金和各項收入也就水漲船高。學校有了更多的資源，就會更積極爭取好的運動員加盟，所以物理學家的兒子再過幾年就可以免費念大學。如果丹尼斯小朋友的天分能夠達到在運動場上謀生的地步，在大學過後轉成職業球員是一種選擇。倘若不然，他也會有一個好的學位當作未來發展的基礎。

聽起來簡單到像是癡人說夢？其實不然，大學運動員的學位真的是進可攻退可守的。我在商學院的一個學弟，是拿籃球獎學金念書的。在畢業之前他不確定自己是不是能夠繼續打籃球，於是憑著名校企業管理的專才，在一家化學工廠找到工作。後來他在NBA選秀第二輪被選進聯盟，於是放棄了企管的工作，布萊恩．卡迪納爾（Brian Cardinal）最後在NBA打了十二個球季才退休。

就是如此，觀眾有高水準的比賽可以欣賞，學校有多餘的財政收入，球員能夠無後顧之憂地上學跟運動，這樣生生不息的食物鏈，是美國運動發展的基礎。除了造就一個龐大的經濟體之外，更造福了無數學子。企業的贊助，就不再是球員唯一的生路。

這篇文字寫於二〇〇七年，很好奇小主角現在的發展，發現即將從高中畢業的他，已經是網球的明日之星，儘管曾經在重要的比賽被禁賽（因為忘記穿制服），目前還是在全美國同級生裡排第二十二名。

老王曾經說丹尼斯拿獎學金念NCAA第二級的學校沒有問題，結果，沒有意外的話，二〇一五年夏天他即將進入第一級的耶魯大學。在已經是未來的現在，發現過去埋下的時光膠囊，是很值得偷偷高興的事情。

獵人樹林跟日出山谷

星期五的晚上，陪女兒看了一場籃球賽：獵人樹林小學對上日出山谷小學，兩個世仇學校的對決。這種學校的名字真是讓我很難習慣，從前我們的學校名稱不是地名，就是政治氣味十足的名字……大同、光復、中正、介壽，一個偉人總統的名字和他達不到的夢想就可以變出一大半的校名，美國建國以來換了四十三位總統，公立小學竟然不盡量拿這些名字來用，偉大程度想必十分有限。

這兩間小學因為距離很近，自然進入了世仇的限定，像洋基跟大都會、紐約巨人跟費城老鷹、杜克大學跟北卡大。從小開始，運動場上的熱血就是成長的一部分。比賽是在兩所學校中間的一個中學體育場，可以容納上千人的看台，比賽開始前半個小時就被填上大半。場外是家長會安排的食物販賣部，傳統的球場食物，披薩漢堡糖果飲料爆米花，同樣的產品在數個攤位間展開，熟練的動線讓絡繹不絕的學生和家長幾乎不必花時間排隊。這些食物跟健康畫不上等號，卻是比賽不能缺少的元素，周末夜的晚餐，就這樣解決了。

雙方教職員在比賽前加演表演賽，平常正經八百的老師換上球衣短褲，對學生來說，就已是千金難買的開心畫面。中間還穿插校長帶領的啦啦隊表演，隊呼短裙彩球樣樣來。雖然看起來年近六十的女校長頗樂在其中，可是想必內心一定十分痛苦。我們從小見到校長的時候都是在演講，還有歷史共業的各式佣金可拿，平平是校長，真是一個天上一個地下。

雖然是小學生之間的比賽，門票還是要賣的，這也是難以想像的橋段之一。從前因為學校榮譽跟校長本人的榮譽被強迫參加的校外活動還真是不少，有人要開運動會就要練習排字，有人要接見貴賓就要練習唱歡迎歡迎歌，這些課後活動，我們要跑都來不及跑。美國小孩課後的活動還要繳錢參加，資本主義果然了不起。看著擁擠的球場跟開心的觀眾，原本想說一定有聰明人撈了一些油水，後來才知道門票跟食物的收入都納入家長會的活動基金，真是傻子。

比賽本身其實蠻不忍卒睹，女兒的日出山谷小學在上半場十分鐘以內，完全沒有投籃的機會，她們的控球後衛在第一、二節是兩個不同的東方孩子，一過中場的傳球就立刻被抄走。下半場開始之後進攻比較流暢一些，可是，四節比賽打完，日出山谷還是沒有得分，二十五比零，是第四節結束的比數。到這裡比賽卻還沒有結束，原來是因為日出山谷隊有二十幾個小女生，每一節五上五下，需要多一節才能讓大家上場。也竟然在多的一節最後一分鐘，她們先投進兩分，在壓哨前又投進了一個三分球，儘管日出山谷以三十比五的懸殊比數慘敗，卻因為最後一球歡聲雷動，人家說美國人數學不好，果然是真的。

回家的路上，身為一個自以為什麼都知道的父親，當然要對女兒來點機會教育。「都是教練的責任，控衛的戰術被識破，如果她懂一點籃球的話，應該要……」，「可是我很喜歡史考特教練耶，」她打斷我的話，「人家說她是WNBA的……。」

啊，難怪看起來有點面熟，原來，她們的教練是克莉絲提．史考特——馬里蘭州大史上得分次高的球員、職業籃球球評、大學籃球教練。原來，球賽不是只有輸贏而已。原來，這場課後的球賽，是我，被上了一課。

他們的一萬個小時

Donovan，唐諾文，是六〇年代的蘇格蘭傳奇樂手。他四歲時因為疫苗劑量的失誤，得到小兒麻痺，成長的過程也隨之變得十分艱辛。後來他從藝術專科輟學，四處打工流浪，卻在二十歲不到的年紀，就因為詞曲創作跟多項樂器的才華，加上頗具個性的外型，被唱片公司發掘，搖身成為最受歡迎的民謠巨星。在那個音樂史上最輝煌的年代，他跟披頭四同樣漂洋過海到美國，掀起整個西方社會文化的巨變。

五十年前，麥卡錫主義的餘毒猶存，冷戰在古巴飛彈危機之後稍歇，美國為主的西方世界卻立刻開始把自己丟進越南那個巨大的死亡機器，音樂變成世人少數的公約數，也是最大的救贖。唐諾文不但跟披頭四同處於那個年代，他們也是一同靈修、創作、吸藥的好友，披頭四的許多創作都有他的參與，包括眾所皆知的《黃色潛水艇》。唐納文的吉他彈得非常好，許多和絃的運用更是當時的先驅。當披頭四和他在印度一起靈修的時候，藍儂、麥卡尼、哈里遜都向他請教了吉他的技巧。

在霍華．史登的廣播節目上聽到唐諾文的專訪。他被問到為什麼吉他能夠彈得這麼出神入化，是不是因為音樂智商特別高的緣故？

「你聽過『一萬個小時』這件事情嗎？」唐諾文這樣回答。

他十四歲開始學吉他，常常一整天從眼睛張開到闔上之間的所有時間，都抱著吉他不放。音樂的練習存在於他行動不便的少年歲月，在蘇格蘭的小酒館，也在印度與披頭四的迷幻藥靈修之旅，將近七十歲的他，拿起吉他彈開和絃，仍然可以寫出新的曲調。那許許多多一萬個小時，是披頭四為什麼是披頭四，唐納文為什麼是唐納文的緣故。

我們都有好些個一萬個小時，不同的是，我們把那些時間花在什麼事情的練習而已。那可以是投資報酬率低的長距離兩分球跳投，也可以是其他效率更高的得分模式，可以是一再重複的代工機會，也可以是需要巧思的創意產業。不過更經常的，我們把時間花在遊戲電玩、電視節目，還有對時局跟自己的抱怨，難怪我們最厲害的事情就是那些東西。

波特蘭拓荒者隊的明星後衛里拉德（Damian Lillard）二〇一四年球季開始的練習，是用一個叫做OptoGait的系統。這個系統的輸入模組是光學的感應器，用來偵測運動員的步法、力量、平衡、速度、加速度、還有對稱性，準確度據說是到千分之一秒。

里拉德此刻是二十三歲，一九〇公分，八八．五公斤，有著大好的前途。這個系統告訴他練習的時候要多花時間在自己的左腳，因為目前右腳的力量比較大，或許是因為左腳踝的舊傷，現在起跳的時候，右邊比左邊多了半公分的高度。整個OptoGait系統，就是要讓球員的練習更有效率，更能夠配合球員的特性，也能減少未來受傷的可能性。

這是運動員練習的未來，統計軟體告訴每個人最適合自己的練習。在運動場外也是一樣，全球化讓市場的分工越來越細密，要保持個人的競爭力，除了一萬個小時之外，未來的練習需要更精確，更對症下藥，更有回收的效益。

那麼，如果現在還不到放棄的時候，你想好自己要怎樣用下一萬個小時了嗎？

PICTURE STORY

巴爾的摩金鶯隊

金鶯公園是巴爾的摩金鶯隊的主場，從球場可遠眺市區天際線，牛棚後方設有野餐區。

ORIOLES

1 山雨欲來的金鶯春訓球場
2 金鶯球場夜景

巴爾的摩金鶯球場記者與觀眾入口

運動就是生活

在八〇年代開始帶動美國網球風潮的球員們，從庫瑞爾、山普拉斯、張德培、馬丁（Todd Martin）以降，一個個高掛球鞋，名將阿格西也終於要向他凝固成一整塊的腹肌投降。二〇〇六年八月底在紐約法拉盛的美國網球公開賽，是他的告別賽。

在阿格西六月底宣布即將退休之後，剩下的美國網球系列賽，像是在華盛頓的雷格・梅森網球賽，或是在辛辛那提的名人賽，都因為他的出賽而受到矚目。屈指算來，加上美國公開賽，這些比賽是他剩下的最後三個職業賽。

當然要去球場看看。

七月三十日，星期天，我們三個成人跟一個小孩，拿了門票，走進華盛頓的網球中心。因為美東熱浪襲人，在門口的攤位，我們先拿了手持電風扇消暑。然後在球拍公司提供的發球測速棚裡，我們試了試自己發球的速度，順便拿了可口的莎拉波娃的海報。我們在各個球場間遊走，看著幾個曾經世界排名第一的名將熱身對打，阿格西也在其中。他跟他的教練吉伯特，還有吉伯特的新弟子，十九歲的英國小將穆雷單挑熱身，很有世代傳承的味道。中午的時候，我們吃著熱狗，喝了可樂，看看手上向選手拿到的簽名及合照，是一個很愉快的夏日周末。

而全部的花費，是零。

因為這是一年一度的雷格・梅森家庭日。在這天，只要有一個小孩的家庭，就可以帶著三個成人一起去免費看球，門票和午餐都是由主辦單位提供。將近萬人參與的一個活動，我們已經連續去了好多年。正式比賽的門票，是從三十美金起跳。可是在這個家庭日，金錢，不是主辦單位的最大興趣。事實上，就算是售票的日子，門票的收入，並不是交給主辦的雷格・梅森資產管理公司，而是屬於華盛頓網球教育基金會，一個以提供市內學童網球教育為宗旨的非營利機構。比賽當中的支出，是由很多贊助商提供的，像是泰國的山嘎啤酒廠，就是今年的主要贊助單位。連香港旅遊局，也是今年的贊助單位之一。很呆吧。花錢買午餐請觀眾來看球賽，或是門票收入不收進口袋，這種事情好像就只有阿斗仔才做得出來。阿格西接下來要參加的辛辛那提名人賽，因為他的關係，今年可望創下最高的收入紀錄。可是主辦單位跟華府的一樣呆，每年要把門票收入捐給非營利機構。三十二年來，辛辛那提名人賽的主辦單位，西南金控公司，已經捐出超過兩億新台幣的收入。

不過或許就是因為大人們不是機關算盡，對西方世界的家庭來說，接觸運動變成一個便宜很多的事情。我的女兒每年夏天跟我躺在小聯盟的球場草坪上，看著比賽結束之後，在中外野全壘打牆外絢然升起，宛如國慶日的焰火表演。在自己社區的游泳池裡，她剛剛學會了換氣，很驕傲地在兩公尺深的池子裡來去自如。雖然還不到真正去做的年齡，對於熱瑜珈的每個基本姿勢，她也跟媽媽學得很透徹。她還有全套的高爾夫球具，不到六歲的她，最喜歡的運動就是用自己的推桿，用標準的姿勢，在迷你高爾夫球場跟家人比賽。這樣的生活，從台灣的標準想來，會十分昂貴，而其實我只是有小康的收入而已。

而我希望，在台灣的父母們，有一天，也能夠輕鬆地提供小孩這樣的生活。

你知道嗎？這幾年在台灣的海碩盃職業網球挑戰賽，已經開放讓民眾憑發票換入場券免費參觀，可惜參加盛事的觀眾還不夠踴躍，這樣比賽分別在高雄（七月）及台北（十一月）舉辦，下回不要錯過了！

三十年後的運動會

女兒的腳上包著黑色的彈性護踝，把腳踝的關節固定起來，免得傷勢因為活動而加劇。橘色 Nike 鞋翼邊的短襪上緣，仔細地看，還可以發現肌內效（Kinesio）貼布露出的痕跡。

讓腳踝消腫的肌內效貼法，是把特製膠布依劃線割出四個長條，留下上端五分之一的部分不裁切，再由腳的側邊稍施張力向上貼至腳踝，之後再重複一次，停留在腳踝關節比較高的一端，整個程序結束之後，看起來像是在腳掌側貼上了一張網。

「我不懂這個膠帶為什麼會有幫助，」她懷疑地說，我回答說我其實不知道。我看了很多的資料，自己也親身嘗試過，現在還是對這個程序的功效半信半疑。我只能跟她說，在美國，現在已經有不少復健醫生把肌內效貼布當成療程的一部分，職業網球的轉播也可以看到許多選手把自己貼得色彩繽紛。

她是在星期三晚上跆拳道練習的時候受傷，十三歲的她現在是黑帶二級的程度，每天放學後到道館練習，已經有很多年的時間。在簡訊上讀她受傷的過程，看起來是因為用不習慣的左腳做旋踢，結果在恢復站立姿勢的時候失去平衡，右腳踝就這樣扭傷。從後來腳踝的腫脹程度判斷，大概比第一級扭傷稍微嚴重一些，原本是兩三個星期就可以痊癒的傷勢，可是先前已經答應星期天要參加中文學校的運動會了，所以讓她嘗試復原到可以接力短跑的程度，變成我們父女倆周末共同奮鬥的目標。她跟同學說了自己的踝傷，也訂好萬一不能參賽的備用計畫，以免因為負傷拖累大家的成績。

星期天的早晨，國中小女生起床換了運動會的衣服，「我覺得沒有問題，」她難掩興奮地告訴我們。我重新幫她換上肌內效的貼布，受傷的腳踝還是微腫，可是在彈性護踝固定之後，短跑的速度不會受到影響。她在接力賽裡跑最後一棒，這樣就不需要在彎道加速，可以減輕腳踝的負擔。

這是她的第一個運動會。女兒對田徑一直沒有興趣，她雖然不是弱不禁風的女生，卻從來沒有在運動會比賽過。這當然是一個無關緊要的運動會，大華府地區的幾間中文學校每年春天都會聯合舉辦一次，主要是讓不同學校的學生互相交流，也讓各家學校有宣傳的機會。比賽的場邊有各校家長會販賣食物的攤位，駐美代表處的中文學校有雙橡園的大廚支援，向來很受歡迎，其他學校也有手藝精湛的家長獻藝，鹽酥雞、米粉、油飯、麵食、甜品、各式食物的選擇應有盡有。這個一年一度的活動對本地的華人來說是件盛事，並不是運動會的緣故，而是因為它是難得的戶外社交場合，也可以藉此打打牙祭。

對我來說，這不但是女兒的第一個運動會，在她受傷之後，還有了更重要的意義：我們沒有辦法讓自己永遠在百分之百的狀態下參加比賽，找到理由就放棄是簡單的決定，可是這樣人生好玩的事情就會變少了。我們決定一起挑戰身體復原的速度，尋找自己可以負傷參加的利基，讓這個無關緊要的運動會變成一樁有趣的事情。

除此之外，對我來說，這一天還有更自私的意義：

它是我從來沒有過的運動會。

我小學念的是「全世界最大」的台北縣秀朗國小，最大的當然並不是校區，而是人數。因為學校極度缺乏場地的關係，一半以上的體育課，我們的運動是頂著太陽，在草坪彎腰拔雜草。現在想起來，那個年紀的我們怎麼可能分辨雜草跟草坪，大家只是把地上綠色的東西全部拔起來殺光而已，難怪學校應該是草地的地方，總是光禿禿的一片。剩下的體育課很多是用來練習「歡迎歡迎歌」，來學校看笑話的外賓們絡繹不絕，每當有參訪團來，全校一萬兩千名學童一齊站在走廊拍手唱歌歡迎，是很壯觀的窘像，也被校長當作偉大的功績。

升上國中後，升學班更沒有體育課這種東西，學校也懶得假裝，教數學的導師直接兼任體育老師，體育課就變成數學課了。這些過程是許多都會區長大的五六年級生的共同回憶，只是受害程度的輕重不同而已。可笑的是，當年我們學的數學公式早就忘光，音樂課沒有學到樂器，地理是別人國家的地理，理化只剩下 H_2O 跟 CO_2，歷史是改來改去的政治遊戲，國文課的文言文現在看起來又變回無字天書，英文學了很多年還是沒有開口說的能力，唯一有可能留到今天的，是我們沒有時間學的體育。

在粥少僧多的狹小環境成長，能夠參加運動會的學生是百中取一的體育資優同學，比考上明星高中還難。大多數的我們連體育課都沒有，當然沒有運動會。我的身體，在成長的過程裡，是一個陌生的領域，除了走路之外，它只是用來支撐頭腦的工具。我後來花了很多的時間，去認識自己運動的能力，去知道怎樣避免受傷，去學會怎樣包紮，如何復原，我慢慢摸索出自己的長處，還有自己的極限。可是，我是多麼希望，在三十年前，我也能夠有自己的一場運動會。

時光不能倒轉，可是，終於知道全人教育重要性的我們，能夠讓同樣的憾事不再重演。我的同輩朋友們，有人帶孩子上山下海，有人讓孩子單車環島，有人跟孩子一起玩球，我們教他們跑步、游泳、作瑜珈，讓他們認識自己運動的能力，去知道怎樣避免受傷，去學會怎樣包紮，如何復原，我們幫助他們摸索出自己的長處，找到自己的極限……這一切都是我們一步一步地，緩慢扭轉下一代命運的過程，而你我正默默地做這一切所有的事情。

而或許和我一樣，你也會覺得，這不只是為了我們的孩子，更是大家必須的自我救贖。帶著孩子們一起運動，有一天，會有一台時光機帶我們回到那些消失的運動會裡，那些勝負無關緊要，卻應該是我們生命一部分的運動會。在那天，大家會在陽光下揮汗如雨，累得像狗一樣，心中卻帶著滿意的微笑。

春訓賽開賽前唱國歌

5
運動場看到的世界

村上春樹在《關於跑步，我說的其實是……》裡提到一句馬拉松跑者流傳的諺語：

Pain is inevitable. Suffering is optional.

從運動裡，我們能夠跟自己的身體，腳下的土地，透過靈魂誠實的對話。疼痛是難免的過程，有時是腳踝，有時是膝蓋，有時側腹痙攣，痛起來更是什麼辦法也沒有。可是，肉體的痛苦，卻不一定是精神上的折磨，相反地，克服這些外在的困難，其實是跑步的樂趣之一。

就像這樣，仔細思考運動的意義，這個世界上許多的事情，都變得不同了。

你知道除了四年一度的世界盃足球賽之外，有另外一個頗具意義的足球大賽嗎？「流浪漢世界盃」每年都在不同的地區舉辦，共有七十多個國家的民間組織共籌盛舉，從五味川祐太郎的故事，我們可以看到在貧富差距逐漸增加的社會現實之下，運動扮演的安全網。

我們的社會有很多類似的私人機構，默默援助需要幫忙的人，像是「喜願協會」藉著跟職業球團的合作，幫助許多重症的孩童及他們的家庭，在與病魔奮戰之餘，還能拾起一些歡笑；世界最大的巧克力生產商，最大的股東竟然是一間學校？賀喜巧克力公園的老爺爺，樹立了企業家的慈善典範。

運動場不只是選手競技的地方，從那裡，我們可以看到社會的希望。如果用心地觀察，甚至可以發現國家、政治、外交，這些看來嚴肅的課題，都能夠從運動場上窺見一些奧妙。

跑步的時候，你耳機裡的音樂是什麼？

正確的答案，應該是沒有。沒有耳機，也沒有音樂。沒有「Nike+ Running」提醒速度跟距離，也沒有「Endomondo」。

全美田徑協會，也就是主管跑步競技規章的協會，曾經明文規定在跑步比賽的時候，選手不准戴耳機。所以幾年前田徑協會把規定改成強烈建議，路跑的素人們如果硬是不聽就算了。可是參加路跑的人越來越多，這個規定變得窒礙難行。不過，對於正式參賽的運動員，也就是需要被記錄時間爭取排名的選手，耳機仍然在違禁物品之列。這個規定的來源是國際田徑聯合會（IAAF）對於無線通訊的限制，還有避免耳機使用對跑步姿勢的不良影響，也為了確保選手能夠維持對四周環境的警覺。另外，像波士頓馬拉松的官網也說了，只有不戴耳機，才能聽到沿路觀眾的歡呼聲，沉浸在自己音樂世界的跑者，就沒有辦法享受路跑獨特的樂趣。

可是很多人不是很在乎規定這種事情，至少我就沒有辦法在跑步的時候不聽音樂。不少美好的路跑回憶，現在想起來，當時的背景音樂還是會像電影配樂一樣從腦海流過。秋天的舊金山，耳機裡傳來的是HEBE的〈寂寞寂寞就好〉，沿著諾布丘向中國城前進，十九世紀華人在北美的百年孤單，依稀還在舊街道迴蕩；那些在南陽街準備留學考試的夜晚，我常常會帶著對自己失望的心情跑步回家。從重慶南路到中正橋，SONY隨身聽裡面是黃韻玲《九三演唱會》的卡帶，一路上想著模擬考的答案，聽著她的〈改變〉，看著匆匆忙忙在街上的行人，身旁的畫面，是安靜無聲的世界。成都的文殊院、築地的本願寺、都柏林的聖史蒂芬綠地、倫敦的海德廣場、曼哈頓的東河岸、永和的四號公園，這些年來，我喜歡在城市的角落慢跑，音樂一直是不可或缺的元素。

對我來說，跑步的時候沒有音樂，就像玩電動玩具的時候把BGM關掉一樣，是很痛苦的一件事情。這樣也好，反正紐約馬拉松波士頓馬拉松陸戰隊馬拉松什麼的，本來就遠超出我的心智範圍，我應該連半馬都沒有能力跑完，田徑協會的規定就給意志堅強的人去遵守好了。

無庸置疑地，阿姆（Eminem）在二〇〇二年發行的《阿姆秀》（The Eminem Show），是陪我跑過最多哩路的專輯。

這張在「九一一事件」之後半年發行的嘻哈饒舌專輯，阿姆完全站在政治不正確的立場，公然挑戰主導反恐報復戰役的共和黨政府，更向傳統的家庭價值叫囂。從成長到出道四處闖蕩渾身是傷的阿姆，在專輯裡咒罵自己的前妻、媽媽、律師、媒體、唱片公司、副總統錢尼，連據傳有一夜情的瑪莉亞．凱莉（Mariah Carey）也不放過。當時的大環境氛圍緊張，這張專輯竟然跌破眼鏡，一發行就進入了告示牌排行榜的第一名，最後總共賣出了一千萬張，達到十個白金專輯的驚人數字。隔年的葛萊美獎，這張專輯雖然沒有得到年度最佳音樂專輯的大獎，仍抱回最佳饒舌專輯的獎項。《滾石雜誌》（Rolling Stone）曾經把這張專輯列入史上前五百名最偉大專輯之一，也將它排進二〇〇〇年代最佳百張專輯之列。

如果說饒舌音樂是我們這個世代的詩，《阿姆秀》就是一整串憤怒的長詩。在專輯裡的〈Cleanin' Out My Closet〉，他訴說童年的遭遇，生父不聲不響就拋棄家庭，母親嗑藥吸毒什麼都來，一連串的負面經驗，讓黑暗的情緒像海洋深處的浪潮般不斷來襲。「我真的不想傷害妳，我真的不想讓妳流淚，可是，媽媽，對不起，今晚，我要跟大家說我的祕密，」他的聲音從憤怒到受傷，從尋求原諒到斬斷一切，五分鐘裡心碎與咒怨的轉折，是他三十歲傷痕人生的縮影。〈Square Dance〉裡阿姆控訴布希政府的反恐戰役，其實只是利用大眾恐懼達成政治目的，如今再來回顧當時所謂見血封喉的炭疽病（Anthrax），或是什麼海珊政府的大規模殺傷武器，其實都是不存在的威脅。這場無中生有的戰役到現在還沒有真的結束，奪去的不僅是中東許多無辜民眾的死傷，還有美國立國的精神，那些叫做民主與人權的東西。

專輯裡還有〈Hailies Song〉，海莉之歌，是他寫給六歲女兒的情歌。「整個世界都在我的肩上／大家都要依靠在我身上／彷彿一切都要結束／可是此刻她回到我的身邊，」所有的誤解，旁人的指責，在女兒重回懷抱之後，都變得不再重要。〈My Dad's Gone Crazy〉是海莉的可愛回應，阿姆把女兒的呢喃混音在這首歌裡，「我想，我爸爸瘋了！」小女生哈哈笑著說。在那年，她是全世界最多人聽過的六歲女生。在我的 iTune 裡，這個六歲小女生陪著我十幾年，這幾千公里的路跑，不只是距離，也是我一大段的人生。

二〇一三年，十八歲的海莉從高中畢業，年過四十的阿姆跟前妻一起參加她的畢業典禮。十一年過後，很多事情都變了，幾年前阿姆跟曾經恨之入骨的前妻復合，後來又再離婚，不過這次的分手他不再那麼憤怒，還大方負擔前妻另外的子女監護權。隨著時間過去，阿姆看懂了更多人生難以解釋的掙扎，對於他曾經誓言就算死掉也不會帶女兒去上墳的媽媽，也終於學會原諒。在四十歲這一年，阿姆寫了一首歌，因為這些年來在媽媽身上造成的傷害，向她道歉。

原來，耳機以外的世界裡，別人也是一樣，在人生的路上默默地向前跑著啊。

嘿，再回到剛剛的問題好了，跑步的時候，你耳機裡的音樂是什麼？

PICTURE STORY

美國網球公開賽

美國網球公開賽在紐約法拉盛的亞瑟艾許球場舉行，主球場可容納將近 2.3 萬人。從 2005 年之後，所有進行美國公開賽系列賽事的球場都統一為藍色內場，綠色外場。

P4
P5
US OPEN
WOMEN'S SINGLES
J.P. MORGAN
CHAMPION
US OPEN
US OPEN.org

在大滿貫球賽的場地中，只有美國公開賽的亞瑟艾許球場，大部分場地設有夜間照明，這意味著有更多賽事可在夜間進行。

一站之差，兩種世界

紐約的法拉盛區，是全世界成長最快的中國城之一。從七〇年代台灣移民大量的移入開始，一直到現在變成大陸人士跳機偷渡的新據點，整個區內光是普查登記的亞裔人口，就已經佔了多數。每當人們從七號電車的終點站鑽回地面的法拉盛市區，舉目皆是攤販小吃盜版光碟，難免都會有不知道身在何處的感覺。很難想像幾十年前，法拉盛曾經舉辦過兩次世界博覽會，根據當年世界的總人口數來比較，兩屆在這裡的世博會，觀眾人數都跟今年在上海的世博會不遑多讓。

也很難想像，網球界的四大賽事之一，美國公開賽，近三十幾年來也都是在法拉盛舉行。事實上，美國公開賽跟世界博覽會的淵源還挺深的。一九六四年勝家縫紉機在世博會贊助的場館，就是現在美國公開賽的第二號球場，而整個公開賽所在的公園，就是兩屆世博會展覽的用地。距離摩肩擦踵的法拉盛市區只有一公里多的可樂娜公園，紐約大都會新的花旗球場跟美國公開賽的場地在七號電車線上各踞一邊，從法拉盛大街短短一站的車程到這裡，放眼望去綠草如茵，不知道自己身在何處的感覺又會重來一遍。

而美國公開賽也充滿著相同的矛盾。

網球原本是源起自英國上流社會的運動，儘管一百多年以後，已經變成普羅大眾的休閒，可是關鍵四大賽事的貴族氣息，過了一個世紀還是難以隱藏，從票價上面就可以明顯看得出來。許多人會對美國職棒高額的消費感到咋舌，可是在美國公開賽，光是沒有劃位也不能進入主球場的入場券，票面價就高達兩千元台幣，黃牛票更是高出一倍以上。而在主球場裡，最接近球員的一樓座位，一場比賽的黃牛票大約是七、八萬台幣一張。市價四、五千元的票只能讓你坐在最高的看台，三十公尺高，大約是十樓的高度。看台球場裡面食品飲料也不便宜，而且不只是錢的問題，如果沒有另外花錢買ＶＩＰ餐廳的入場券，還得排隊排個老半天才能買到東西吃。

相對近在咫呎的法拉盛中國城，拜眾多非法移民所賜，有著全美國最廉價的人工，那裡理髮到按摩都是其他大城市的半價。不過因為擁擠跟髒亂，又沒有曼哈頓中國城的歷史性，消費者還是以區內的居民跟亞裔遊客為主。事實上，通往法拉盛的七號電車，平日幾乎都是亞裔跟拉美裔的乘客，就是這個景象的縮影。可是在美國公開賽期間，車上突然湧進許多攜家帶眷的歐美裔人士，都在中國城大街前一站就下車，也是特殊的景象。

王子、公主跟有錢有閒的觀眾兩個星期的短暫擦邊過境，就在冠軍出爐之後畫下句點。在中國城巷弄之間不少一句英文也不會說的新移民，還是一樣每天埋首打工掙錢，什麼公開不公開的賽，從頭到尾，跟他們都沒啥關係。資本主義造成的階級性，就這樣在一站之間，築起一道難以跨越的高牆。

困難的酒癮人生

安德魯．蓋洛不是一個壞人，認識的人都這樣說他。五歲的時候，安德魯的父母離婚，毫無疑問的，對小安德魯來說，這是一個令人心碎的過程，後來他也一直沒有從這個破碎的家庭關係裡面走出來。父母親分別的婚嫁，對他來說只造成更多的混亂。十四歲那年，他的母親帶著他轉學，搬到大概一小時車程的新家，離開了一起長大的朋友跟同學，他看起來一直都很孤單。

往後幾年的生活，就是在生父生母各自的新家庭來回擺盪，有人說他好像沒有一個真正的家。他同母異父的的弟弟是個醉鬼，兩個人每天攪和在一起。幾年前他因為酒醉駕車被強制勒戒，那時候他才剛滿十九歲，跟天天喝酒的弟弟一起醉醺醺地當建築工人。其實仔細說來，安德魯．蓋洛真的不是一個壞人，至少他一直沒有加入幫派或是變成混混，一直試著用自己的勞力養活自己。

安德魯選擇在一個教會辦的勒戒所戒酒，開始的新生活充滿了希望。他每天早上五點半起床，花一個半小時查經，然後在教會幫忙處理雜事。雖然法院只宣判他六個月的勒戒，他在那裡待的時間比六個月更長。戒酒是一個漫長而艱難的過程，他離開勒戒的課程之後，還斷斷續續地回到教會，試著完全離開喝酒的習慣。

生活對安德魯來說一直不是一件簡單的事情，他的駕照被吊銷，工作也時有時無。他有時跟弟弟還有弟媳住在一起，後來搬回父親的家裡住。他的爸爸是房屋仲介，自律跟家規都很嚴謹，向來不准家裡有任何酒精的飲料，安德魯搬進來以後當然也不例外，偶爾酒癮犯了，也只得跟弟弟出去喝酒。

去年四月的一天傍晚，安德魯跟弟弟一起去一家五金百貨找工作，遞交了申請表之後，哥兒倆決定去酒吧裡喝兩杯。安德魯知道自己對酒精實在沒什麼抵抗力，而且明天一早還得早起到工地舖瓷磚，所以到了不久就吵著要回家，不過開車的弟弟還是硬拗他留下，喝酒還是要有人陪才好，是吧。兩個人在一家酒吧喝完之後，又去一家比基尼吧續攤。那邊的女服務生身材火辣，一輪一輪的酒就這樣混進安德魯的血液。

安德魯不是一個壞人，他的媽媽說，他從來不會故意傷害任何人。那天，加州天使隊的廿二歲新秀投手艾登哈特剛剛在大聯盟投了生涯最好的一場比賽，六局無失分，還有五次三振。他的快速直球跟曲球是主要的武器，曾經跟胡金龍還有陳鏞基在明日之星賽交手過，是頗受矚目的新生代球員。這僅僅是他在大聯盟第四場的比賽，二〇〇九年球季的第一場，也是他生涯的最後一次出賽，因為安德魯從爛醉中驚醒的時候，艾登哈特已經被他開的廂型車撞死。

陪審團後來宣布，好人安德魯以二級謀殺定罪，因為蓄意酒醉駕駛，就是預謀殺人。比較起來，台灣的法律跟法官，對酒醉殺人還真是寬鬆得不得了。

在美國，最被普遍接受的酒癮戒除方式，是戒酒無名會（Alcoholics Anonymous）。根據統計，大約有〇．五％的美國人口正在接受戒酒無名會的輔導。這個因為受不了歐洲人酗酒縱慾所以移民到新大陸的清教徒國家，其實跟歐陸比起來，酒精的消耗量還算低了不少。跟應酬文化風行的東南亞各國相較，更是小巫見大巫。不過如果用相同的比例來計算，台灣應該至少有十萬重度酒癮者正在戒酒當中才對。

這十萬人的大多數，現在可是正忙著喝酒啊。在台灣，喝酒是日常文化的一大部分；雖說病忌亂投醫，但對於酒精上癮者的輔導和支持系統，卻是極度欠缺。事實上，不要說是應酬或是聚會場合的同儕壓力，許多電視劇跟談話性節目，對於喝醉酒的推廣更是不遺餘力。台灣人習慣把自己愛喝酒當成英雄事件來炫燿，這是頗為難懂的一件事情。很難理解為什麼常常可以聽到「我那天喝了三瓶高粱也沒醉」，彷彿這很值得驕傲。從生理上來說，吃到撐應該是相同困難的事情，卻很少聽人炫耀自己「我那天嗑了五十顆水餃還是餓到不行」。吃太多頂多肚子不舒服，喝太多弄得大家都不舒服。可是貪吃的人通常對自己吃得多比較害羞，貪杯者卻總是很積極跟大家分享自己喝太多。

欠缺對酒精戒除的輔助系統，是台灣社會的一大隱憂。現有的勒戒制度都是把毒癮跟酒癮混為一談，有些人轉而求助精神科醫生，酒癮卻不是精神醫學的專業。弔詭的是，就跟所有的成癮症一樣，發現自己的上癮症狀，本身就是困難的一件事情。事實上，「承認我們無力控制酒精」，正是戒酒無名會奉行的十二個戒酒步驟的第一項。如果酒精已經影響我們的生活、婚姻、工作，卻又不能對過量酒精說不。那麼踏出自我認知的第一步，越快越好。

甜蜜的社會責任

很多人知道ＮＢＡ史上單場最高得分的紀錄，是勇士隊的中鋒張伯倫在將近五十年前創下。不過很少人注意到這場比賽並不是在勇士隊當年的費城主場舉辦，而是在一百哩外的一個小鎮——賀喜，也就是賀喜巧克力總公司的所在地。因為是一個小鎮的小球場，當年目睹張伯倫一百分神蹟的觀眾只有四千多人，不到他誇口有過親密關係的女人數目的一半。

不過我要說的不是張伯倫，或是勇士隊的故事，而是賀喜這個小鎮。在這裡，有美國東北區最受歡迎的遊樂園，也有佔地五萬六千坪，全世界最大的巧克力工廠，還有，一間很有錢、很有錢的貧民學校。

故事是這樣的：創辦巧克力公司的賀喜先生很喜歡小孩，可是他跟凱薩琳結婚多年，還是沒有孩子。在他五十二歲的時候，他們夫妻倆決定，既然沒有辦法生小孩，那麼就來開一間給孤兒上學的學校。賀喜先生說，這一切都是我太太的主意，如果我們能夠幫助一百個孤兒，那一切就值得了。

於是，賀喜職業學校在一百年前開幕，一開始這間學校只專門提供孤兒和貧戶高職的技術教育，後來，變成有幼稚園到高中完整課程的學校，也改名成為米爾頓．賀喜學校。賀喜一直是一個受人尊敬的資本家，他自己因為家庭的因素，只受過四年的教育，在他白手起家賺錢之後，卻從不忘記回饋社會。之前提到的巧克力樂園，一開始也只是他貼心蓋給自己員工的遊樂場。相信因果論的人，應該都會覺得他買了鐵達尼號的首航（末航）船票，卻因為太太生病取消行程，是因為好心有好報。

一九一八年，賀喜的太太過世三年之後，他把他當年大部分的財產信託，捐給學校（他之後還活了將近三十年）。當年六千萬美金就已經是一筆令人咋舌的天文數字，而賀喜巧克力在九十年來持續成長，目前，賀喜基金會仍然是賀喜巧克力集團的最大股東，也有董事會投票的絕對多數，學校基金會的資產已經將近八十億美金。一般私校都是以捐款的規模作為學校規模的依據，而八十億美金，比牛津大學多了五成。現在賀喜學校一年招收一千八百名學生，仍在持續擴張當中。

走進賀喜，空氣中常常可以聞到淡淡的巧克力香氣。賀喜的銅像矗立在巧克力公園的入口，園內的木馬不停地旋轉，九十多年來帶給數不盡的孩童歡笑。而賀喜學校，在前往巧克力公園必經的公路旁，安靜而富裕地存在。賀喜這個小鎮，說自己是世界上最甜蜜的地方。我想，資本主義裡有這樣的故事，甜蜜這兩個字，是實至名歸的。而所謂企業主的社會責任，不過如此。

賀喜巧克力世界

賀喜老爺爺曾經說：
「一個人快樂的程度，跟他帶給別人的快樂成比例。」
「我沒有孩子，所以我決定要讓美國的孤兒都變成我的孩子，或許在未來的一天，有個孩子會從山丘上的學校畢業，然後變成賀喜企業的老闆。」
「給消費者高品質的產品，就是最好的廣告。」

一 賀喜巧克力遊樂場

有始有終的圓夢計畫

美國職業歐式足球聯盟的西雅圖峽灣者隊（Seattle Sounders），在二〇一四年七月簽下十八歲的新人山德．貝力（Xander Bailey）。球隊對這位球員似乎有很高的評價，在加盟記者會上，總教練是這樣說的：「這是令人非常興奮的一天，我們尋找中場球員已經很久了，終於在西維吉尼亞州發現了山德，他會在下一場國際友誼賽出場，出戰來自英國超級聯盟的熱刺隊，我們對他的表現有很高的期望。」

像是「中場球員」、「英超」、「熱刺」這些辭彙，對美國觀眾來說原本十分陌生，不過從二〇一四年世界杯足球賽開始，人們對這個運動再度關心起來。峽灣者陣中有美國隊長鄧普西，他在世足賽出賽三十秒，隨即踢進美國的第一球，後來在比賽中被打斷鼻梁，卻堅持繼續出場，是最受歡迎的明星之一。峽灣者隊自成軍以來，就是季後賽的常客，球迷人數眾多，這場友誼賽搭著世足熱潮，在主場迎戰英超的百年勁旅，很受到觀眾的期待。

山德在簽下職業生涯的第一份合約之後，馬上投入球隊的訓練，在七月十九日的比賽，就是教練欽點的先發球員之一，如此迅速的發展，連他自己都不敢相信。觀眾席上峽灣隊的綠色旗幟飛揚，四十五號山德的加油布幔更是醒目的焦點，比賽由ESPN進行轉播，在攝影機首度照到他的片刻，螢幕上立即打出「山德／新人／十八歲／西維吉尼亞州」的字樣，搭配他靦腆的笑容，觀眾的心也跟著融化了。

在比賽開球的那刻，山德接到鄧普西的傳球，把球快速帶過前場，立刻起腳射門，強勁的一球，被熱刺隊的鐵衛，四十三歲的英超美籍門將布萊德跪著攔下。全場觀眾起立鼓掌，教練也把山德換下休息，讓他有機會跟全體隊員握手道別。電視的畫面停留在球團特別準備的布幔上，「片刻峽灣者，終身峽灣者」，山德，是一分鐘的職業足球選手。從小就踢足球的他，因為纖維囊腫的不治之症，原本沒有機會完成足球夢。可是，喜願協會跟峽灣者隊在這天，為山德圓了這個夢想。

近年來，喜願協會辦了許多大型圓夢計畫，像是在二〇一三年十一月舊金山市，上萬名群眾一起替癌症病童邁爾斯完成當超級英雄的願望，這些活動被主流媒體大力報導，再經由社群機制長效傳播，讓主辦機構的曝光率大幅成長。或許會有人對這種有標準作業程序（ＳＯＰ）、被大量製造販賣的慈善事業感到不以為然，可是換個角度來看，許多奇怪而難癒的疾病，不是也一直莫名其妙地對人類量販式地進攻嗎？諸如喜願協會此類的機構，能夠用他們的專業帶給人們一些快樂，還有不要失去希望的力量，其實是很美好的。

回到山德的圓夢過程，綜觀整個活動的規畫與執行，從球隊、轉播單位、球迷、裁判、主流媒體到社群機制，所有參與的個體都在分毫不差的時間，適當地扮演了自己的角色，活動的成功，是因為每個細節都經過再三的預習與確認，這是最困難的部分，也是活動成功的原因。辦活動要有完整的起、承、轉、合，隨機應變，不能虎頭蛇尾。詳細計畫，有始有終的夢想實踐，才能圓滿感動人心，達到活動的目的。

屬於流浪漢的足球賽

五味川祐太郎，高中時期曾經代表東京的北豊島工業高等學校，參加中學運動會的預賽。那年他十七歲，四百公尺是他的強項。預賽跑完的成績是五十八秒二二，比世界紀錄慢了整整十五秒，就連預賽分組的第一名也比他快了八秒鐘，當然是立刻就被淘汰。

時間過了五年，祐太郎缺乏競爭力的人生持續下滑。二〇〇九年三月，他從工作的冷凍食品工廠下班。東京的初春實在太冷，走路到電動玩具店大概會被凍僵，於是他偷了一台自行車代步。警察當然不能接受這樣的藉口，他被逮捕之後關了十天，因此被公司解雇，員工宿舍也回不去了。工作多年只存下兩萬多元的祐太郎過了一陣子以網咖為家的生活，不久之後，他成了遊民。

這樣的人跟這樣的人生，從社會的安全網邊掉下去後應該就不見了。祐太郎的存在並沒有多大意義，只要他不作姦犯科，死時不要太難清理，一個遊民跟一隻松鼠或是一群野兔，對社會這個群體來說，並沒有多大的分別。尤其是當遊民自己本身都這樣想的時候，他的人生在實質上就已結束了。

祐太郎的人生，卻在足球場有了一線生機。二〇〇九年夏天在義大利米蘭舉行的第七屆流浪漢世界盃，五味川祐太郎，二十二歲，是日本隊代表。

同樣的故事在其他四十七個國家上演。數百名過去十二個月曾經流浪度日，無固定收入，之前沒有參加過同樣比賽的遊民，在二〇〇九年夏天，齊聚在義大利。這項賽事依照四人制足球賽的規定，三名攻擊球員加上一個守門員，加上四位替補，一支球隊總共是八名球員。比賽的結果當然並不重要，七年以來，從地區的選拔跟預賽開始，這個活動已經在七十多個國家，一共有超過十萬人次參加。根據主辦單位的統計，七成以上的遊民，在接觸這項賽事之後，人生有了正面的改變。許多人因此戒毒、受教育、改變社交關係，找到住所。而充滿曲折起伏的故事，也成為許多電影的題材。香港的代表曙光足球隊在近年來被拍成兩部電影，孫耀威的《流浪漢世界盃》就是其中之一，而好萊塢明星柯林法洛和ＥＳＰＮ也贊助完成了電影《Kicking It》。有著這樣的媒體曝光量，主辦單位在三年內要讓一百萬個遊民開始踢足球的夢想，並非遙不可及。

在全球化的腳步下，貧富差距正在急遽惡化。而各國政府能夠拉開的安全網，間隙也因此不停擴大。像是五味川祐太郎從學校畢業之後，失去加速趕上社會腳步的機會，就再也跟不上了。他可能是你我的鄰居、親人、兒子，甚至是自己。他們需要的不只是衣服、食物或住所，而是動力，還有體悟自己其實也有能力克服困難的經驗，而這正是流浪漢世界盃之類的活動能夠提供的。或許，未來的賽事，台灣不會再缺席。

到目前為止，台灣還沒有參加過流浪漢世界盃。而我們都知道，那並不是因為台灣沒有流浪人口的緣故。

值得紀念的，不是勝利

每年待在台北的時候，我都會在公園慢跑，這兩年經常是在中永和交界的四號公園。在這個公園裡，不取巧的一圈是一公里半左右，三又三分之一圈就是微型馬拉松五公里的距離。

每天在四號公園裡面從事各種運動的人很多，籃球場在清晨和傍晚都是爆滿狀態，連幾個歪斜的籃框下都擠滿了三對三的球友，球場被挖土機挖出幾個洞還是有人冒險投籃。空地上面群聚著跳舞的、打太極的、做韻律操的、練法輪功的，一整個很活躍的畫面。不過我想在各地的公園應該都是類似的景象，感覺起來整個國家如果有多十倍的活動空間，還是可以被喜愛運動的人們填滿。

說到跑步這件事情，當然不能不提起每天堅持跑十公里的村上春樹，他「把跑步當成刷牙一樣」，變成每天例行的一件事情。村上春樹對自己書迷的貢獻之一，就是讓不少人穿上球鞋出門去跑步而變得健康一些。這樣想起來，幸好村上不是沉迷於柏青哥或是網路遊戲啊。不過當然也有不愛刷牙的村上迷就是了。

回到這個在新北市中永和交界處的四號公園，它有很多不同的稱呼，正式的名字原本是中和公園，現在叫做八二三紀念公園。在公園的東北角有一個巨型的石碑，公園的西邊有一個會館，都是紀念當年的八二三砲戰。石碑的正面署名是建碑時候的國防部長、台北縣長跟中和市長，不過在官場上，真正立碑當然是職銜最小的官。石碑的背面用燙金字體刻的不是陣亡將士大名，而是各地八二三協會的理事長，署名的是總會理事長，而當年的中和市長恰好又是這位。

八二三砲戰在金門發生，跟中永和到底有什麼關係，網路上面已經有不少評論；通常來說越是芝麻綠豆的官，越是著急要在四處留名，這個碑是不是這個現象，探討的人也已經不少。我一天要經過這個碑跟這個會館好幾次，心中的納悶卻是另外一樁。為什麼八二三紀念碑要叫做砲戰「勝利」紀念碑？為什麼八二三紀念會館要叫做戰役「勝利」紀念會館呢？

有去過華府越戰紀念碑的人，一定會對廣場上翻不完的陣亡將士名冊感到震撼。而越戰紀念碑就是這樣紀念為越戰犧牲的人們，並沒有提到誰贏誰輸這件事情。當然，越戰美國打輸了，勝負沒什麼好提。可是在華府的二戰紀念碑，夏威夷的珍珠港紀念公園，還是一樣，沒有人在紀念二戰盟軍的勝利。勝負在戰場上雙方各表，並沒有裁判來評分；昔日的勝負，後來的意義會隨著時間而變化。現在國共儼然已經第三次合作，八二三砲戰變成只是幾十年來雙方吵吵停停的一個頓號，唯一不能改變的，是當年喪失生命的千餘軍民，還有因而破碎的家庭。為什麼我們要紀念砲戰的勝利，如果輸了就不值得紀念嗎？

村上春樹說，「戰爭這東西是一定會來的。任何時候都一定有。不會沒有。即使看起來沒有也一定有。人類這東西呀，在心底下是喜歡互相殘殺的。而且大家殺到疲倦為止。殺累了會暫時休息，然後又開始互相殘殺。」是啊，我們無力改變人類的宿命，可是至少我們可以少一些對勝利的慶祝，多一些為亡靈的感嘆？

何妨玩物喪志？

開車上班的路上，聽的廣播是一群三十幾歲的年輕人主持的運動節目。每個星期五，這些主持人會對猜美式足球的勝負。除了他們自己之外，還有一個固定的來賓也參加他們的競賽。這個傢伙今年球季目前勝少敗多，不過他不服輸地說他剛剛失業，終於有時間多做比賽的分析，剩下超過一半的球季不會再輸了——他是馬里蘭州的現任州長，共和黨籍的羅伯·厄立克。而就在二〇〇六年十一月的期中選舉，厄立克在共和黨慘敗的土石流裡，痛失了連任的機會。

馬里蘭州是美國第五大經濟體，面積跟台灣相近。厄立克在二〇〇六年即將結束的任期當中，把他的高爾夫差桿從兩位數字降到個位數，同時，成功消弭了一千四百億台幣的預算赤字，還留下七百億台幣的盈餘。雖然他開玩笑說自己從一月開始就要失業，可是這些動人的數據是不會被忽略的。

事實上，兩年後的共和黨總統可能候選人，前任紐約市長朱利安尼在厄立克落選後已經打了電話給他，要跟他討論未來的動向。朱利安尼是一個雪中送炭的好人，就像紐約洋基隊這年在季後賽第一輪打包回家，他在傷心之餘，不忘在媒體上公開呼籲洋基隊應該再給總教練托利一年的機會。正在籌備大選的他，還是經常出現在洋基主場。

擊敗厄立克的民主黨候選人馬丁·歐馬利也不是省油的燈。長相俊美的歐馬利是現任的巴爾的摩市長，曾經被雜誌封為美國最佳的年輕市長，也是民主黨在六年後的總統大選可能參選的人物之一。他擔任吉他手兼主唱的愛爾蘭搖滾樂團，「歐馬利遊行」，在他即將開始的州長任期裡面，應該會更受到矚目。

作州長的人勤練高爾夫，選總統的人看棒球，當市長的人玩樂團，在成語辭典裡面，這種事情叫做「玩物喪志」；當美國的新聞週刊訪問總統夫人吳淑珍的時候，她說她的先生除了政治以外，沒有別的嗜好，（總統先生則說他的妻子除了看電視跟玩股票以外，沒有別的嗜好），這樣的專一個性，在成語辭典裡面，叫做「戮力從公」。我們受到的東方教育告訴我們，戮力從公是好的，而玩物喪志是壞的。

西方教育一個很重要的理念，就是全人教育。一個完整的人，必須要在情感、心智、環境、財富、體能、職業各方面協調發展，而一個協調發展的生命，通常會發展出對身邊事物的嗜好。一個政治家通常要能夠在各方面都顯示出過人的能力，才能夠獲得民眾的支持，在自己嗜好的經營上也不例外。在西方，一個想要從事政治的人說自己的嗜好是聽音樂跟看電視是行不通的，除非他是專業的樂評或是影評。沒有真正嗜好的人，不要說是從政，連網路交友都會遭遇莫大的障礙。

如果我們都看到戮力從公的可怕，那以後可不可以多讓一些玩物喪志的人當我們的政客呢？

運動上癮症

傍晚飛多倫多，午夜轉台北的飛機。早上六點，在出門去辦公室之前，我在家裡的跑步機跑了五公里。中午下班，離家去機場之前，我又在家裡的跑步機跑了五公里。

整趟行程離家的時候是六月三十日，到台北已經是七月二日的凌晨了，七月的第一天會消失在時差跟飛行的時間裡，沒有時間可以運動。在幾天前發現這個嚴重的問題之後，我就陷入焦慮的情緒。

於是做了以上的安排，早上起床先運動，然後，一過了中午十二點，我把手上Nike+能量手環的時間調成台北的時區，在美東提前過未來的半天，只為了預先達到運動的目標而已。已經連續兩百五十七天，一天至少五公里的紀錄，不能因為旅行而中斷。

其實不需要別人的提醒，光是從隱隱作痛的膝蓋，還有受傷很久一直不能好的腳踝，我自己也應該要知道運動早就超過正常的程度。

Anorexia Athletica，「運動上癮症，」朋友是這樣說的。它被列入現代人常見在飲食失調方面的精神病態之一，是每個人都可能出現的問題，雖然沒有正式被列入精神科診斷手冊（Diagnostic and Statistical Manual, DSM）當中，仍然經常被醫師運用，指的是一種異常的行為特質，受到影響的人沒有辦法停止過量，以及成癮的運動習慣。除了運動之外，這些人通常也會過度限制自己熱量的攝取，以達到並且維持自己要求的體態。

有運動上癮症的人，可能是因為對生活的現狀感到焦慮，對身邊環境的失控覺得無力，於是對生活中少數能夠憑藉自己力量維持的部分，也就是身體，還有重量，變得過度在乎。倘若一天沒有辦法達到運動的目標，會因此而感到罪惡，對過度運動的依賴性逐日增加。

好像沒有什麼可以辯解的空間，這些說的都是真的。我本來以為自己終於養成了堅持運動的習慣，沒想到過度的運動也可以是精神病態的一種。情緒跟身體一樣都是會生病的，我曾經有嚴重的季節性憂鬱症（Seasonal Depression），一直到冬天開始滑雪之後才改善；幾次因為預期性焦慮（Anticipatory Anxiety）而引發的恐慌（Panic Attack），現在想起來還是印象深刻。

你知道嗎？你的情緒也可能正在生病。

其實，我相信在對精神疾病還存在嚴重忌諱跟歧見的台灣社會，你的情緒，因為長期被忽略，很可能正在生病。

單單從飲食失調的常見精神病態來說，我的台灣家人朋友們，應該很多人有「健康食品症」（Orthorexia Nervosa）。這個問題的定義如下：「患者對放入口中食物的品質有過度的關注，會花很多的精力去規畫自己的餐點，以達到自我認定的純淨食物標準。」一般人熟知的暴食症（Bulimia Nervosa），是指過度關注食物的數量（Quantity），而健康食品症，就是過度關注食物的品質（Quality）。情況嚴重的人，因為過度的飲食標準，反而影響了正常食物的攝取，生活品質也會因為對外界食品安全長期的焦慮而下降。此外，受到「健康食品症」影響的人，經常會覺得自己對食物的標準跟見識高人一等，需要隨時對其他人的飲食習慣提出建議。

我們都是社會的產物，在媒體缺乏良知，一切以閱聽率掛帥的當下，「健康食品症」一類的問題，一大部分是由那些混充正義的假新聞議題所引起。過度的偏執，在媒體積極地催化下，很容易就正常化起來，因為「電視／報紙是這樣說的」，卻沒有想過那些新聞工作者其實只是一直在焦慮地尋找聳人的健康標題啊。

許多人會去大醫院治療完全不需要吃藥的流行性感冒，卻因為社會長久對精神問題的歧視，而輕忽真正應該治療的心理問題。事實上，不管是「健康食品症」或是「運動上癮症」，都有症狀程度的差別。而這些飲食失調的精神病態，有可能是憂鬱症、焦慮症或是其他需要深度治療的精神狀態的表面徵象。我們可以先經由自我分析的評分表來評估症狀嚴重的程度，不過精確的診斷，還是需要讓精神科醫師或是心理醫師來完成。倘若生活的品質受到影響，千萬不要因為諱疾而忌醫。

而我，會在幾個星期後的某一天，讓連續運動的日子中斷。是啊，雖然對現狀感到焦慮，對環境的失控感到無力，拼命運動並不是解決問題的辦法。好吧，就這樣了。

紀念碑前的壘球賽

「下個星期是球季的最後一場比賽，再隔週就是季後賽了，」比賽結束之後隊長收起憤怒的情緒，向全隊宣布接下來的程序。他是最後一個上場打擊的球員，結果在兩好球之後打了一個軟弱的一壘滾地球被封殺，這個結果讓他自己懊惱不已。

並不是令人意外的結局，隊長傑西是一個中年微胖的好人，運動並不是他的強項，熱心才是。這支壘球隊的成員主要是美國國家健康部的職員，我只是人手不足被找來的傭兵，可是幾場比賽結束之後，從這個原本是陌生人處得到的擁抱，卻可以感覺到無比的真誠。

球季到目前為止，球隊僅僅贏了一場球，那場比賽在最後一個半局，我們竟然拿下十五分逆轉勝，所有人都嚇了一跳。不過，打七局的比賽可以落後十四分，也證明這支球隊真的很弱。還好，這一切都無關緊要，反正我們會晉級單淘汰制的季後賽。

「所有球隊都可以打同樣的季後賽？那整個球季賽是幹嘛的?!」問完這個問題，我自己也覺得很蠢。這些球季賽當然一點也不重要，只是讓大家出來運動而已。這個壘球的聯盟是「聯合運動交誼協會」主辦的活動之一，在一年四季當中，數以萬計的城市居民選擇參與自己喜歡的運動，不只是壘球，這個協會包辦的比賽還有籃球、足球、美式足球、排球、躲避球，甚至連啤酒乒乓也包括在內。球賽的贊助廠商之一是華府城裡的酒吧，比賽後穿著制服就可以走進去享用免費的啤酒。

這些無足輕重的業餘社交運動，卻在全世界最重要的一塊地方進行。我們壘球的場地在「The Mall」，這個公眾的空間是以獨立紀念碑為焦點，北邊是白宮，東邊是國會山莊，南邊是種滿日本櫻花樹的潮汐湖，而西邊的界線，是電影《阿甘正傳》裡面湯姆．漢克大步奔向的林肯紀念堂。國家公園管理處掌管這個空間，大型的國家慶典像是美國總統的戶外就職典禮，國慶日的煙火，或是迎接新年的各種活動，都是在此處舉辦。The Mall曾經留下許多歷史的痕跡，金恩博士在一九六三年領導的美國民權運動，就是在這邊發表著名的宣言「我有一個夢想」；史上最大的抗議活動之一，一九六九年的反越戰大遊行，五十幾萬的人潮也是在此處匯集，人們齊聲唱著約翰．藍儂的新歌〈給和平一個機會〉，幾十年後彷彿還是迴蕩不已。

這個空間向外延伸出去，是華府史密森尼博物館的建築群，多樣化的展覽內容，從歷史到太空，科學到藝術，這些博物館全部免費開放。因為此區是白宮和國會山莊的所在地，各種紀念碑叢聚，加上許多的展覽，來訪的觀光客數量十分驚人。根據估計，每年到The Mall參觀的人數，已經超過兩千四百萬人次，每逢春夏旅遊的旺季，這裡的人潮只能用摩肩擦踵來形容。

再回到我們那毫無意義的壘球賽，在這個公眾的空間裡，「聯合運動交誼協會」申請了大部分草坪的使用權，草坪上並沒有一座一座真正的球場，裁判放了壘包就是壘球的地盤，畫線拉了球門就是足球的戰場。我們比賽時候的左外野界外飛球會直奔二次世界大戰紀念碑，旁邊可能會是幾位前來緬懷戰友的老兵；遊客取景獨立紀念碑的時候常常會走進我們的「球場」，我們也只是請他們不要背對本壘擊球的方向，這樣他們才能自己留意飛球的走向。除了遊客之外，路邊跑步的、騎車的、帶小孩散步的人絡繹不絕，大家卻能夠互相尊重，一起使用這個公眾的空間。

城市的空間，應該是屬於所有人的。連總統府白宮門口的大草坪，這個季節也開放給壘球和足球的比賽。不管歐巴馬的民調支持率是現在的五成，或是兩年前的三成多，在春天的傍晚時分，美國總統府前面的特勤最需要注意的，不是拒馬外的人群，而是界外的飛球。城市的居民在公眾的空間裡運動跟呼吸，踩在如茵的綠草上，聞著泥土的味道，流汗之後在酒吧談天說地，是多麼美好的事情！華府的 The Mall 是如此，紐約的中央公園亦是如此。在台灣的都市裡面，情況則大不相同，少數運動的專屬空間總是人潮洶湧，難得開闊的都市區域最常見的，卻是被外勞推著的輪椅。更令我搞不懂的，是那些被當成禁地的草坪，草地如果不讓人親近，是專門種來給長官視察用的嗎？

或許有人會說，台灣地狹人稠，當然沒有開放空間的條件，尤其是在大都市裡面，更是不用奢望了……。

這樣說好了，這個聽起來遼闊無邊的 The Mall 區域，佔地三十萬坪左右，只比三個中正紀念堂稍大一些。中正紀念堂的參觀人數一年是六百多萬，算起來擁擠的程度跟 The Mall 差不了多少。兩個城市最大的差別，其實不僅是空間的多寡，對空間開放的觀念才是根本上的差異。許多在台灣的活動空間，被怕事的主管單位封閉起來，本來已經很小的島嶼，當然就變得更小了。

或許有人會說，如果有一天，我們跟外國人一樣，在紀念堂前面放肆踢足球打壘球，不知道先總統　蔣公會怎麼想？

誰管蔣介石怎麼想?!

—華盛頓紀念碑前的壘包

終將褪色的偶像金箔

那是一九九八年，出身加州的典型美國壯漢麥奎爾，還有來自多明尼加的陽光青年索沙，兩個人競相打破高懸多年的單季全壘打紀錄，緊張的追逐過程動人心弦，揖讓而升的風度更是讓大家津津樂道：棒球的世界裡，有他們真好。還好有麥奎爾跟索沙，美國職棒大聯盟，終於找回罷工後失去的觀眾熱情。

結果兩個人都是用藥的作弊選手。

藍斯．阿姆斯壯囊括各種自由車比賽的冠軍，更因為個人精彩的奮鬥故事，隻手把這項運動帶進世界舞台。他的抗癌經歷撼動無數人心，寫著「堅強生活」的黃色招牌，在運動廠牌大力推廣下變成家喻戶曉的標語，「車神」，人們是這樣稱呼他的。事實上，不只是車神，許多人崇拜阿姆斯壯的一切，彷彿他是真的神，曾經有人出面挑戰他的紀錄與清白，結果被眾人唾棄，連生計都不保。

直到他在電視上哭著承認，自己不但作弊，之前威脅其他選手，害他們家破人亡的事情，也都是真的。

O．J．辛普森在足球場上有完美的形象，退休之後還是受到大家的歡迎，拍了一系列的賣座電影，可是有一天動手殺掉自己的前妻，現在因為綁架跟持槍強盜案在坐牢；彼得．羅斯是大聯盟的安打之神，他對自己的要求十分嚴格，在球場上總是積極不放棄的態度，是百萬球迷的精神寄託，結果因為涉賭，終身被逐出球場；美國大學足球界最被推崇的教練是賓州州大的喬．派特諾，他不只是史上最多勝的教頭，更因為如師如父的帶兵哲學受人景仰，後來，派特諾八十四歲的時候，爆發對助理教練長期性侵男童知情不報的事件，被革職後兩個月，隨即黯然離開人間。

事情就是這麼簡單，古今中外，人們都不放棄尋找下一個盲目崇拜的偶像。

著名現代詩人保羅．比提說：「英雄，偶像，從來不是你以為的那樣。他們比你想的矮，想的壞，想的臭，等到終於遇見後，總會有些理由，讓你想要掐死他。」十八世紀法國小說家古斯塔夫．福樓拜的名句更是暮鼓晨鐘，「不要去碰你的偶像，那些裝飾的金箔會弄得你滿手都是。」

可是，我們真的聽見了嗎？我們有能力不被廉價戲劇的善惡二分法控制，認清每個人都跟你我一樣，有優點，也有缺點，有值得學習的理想，也有值得借鏡的錯誤嗎？

麥可．喬丹是籃球打得最好的地球人，可是真實生活裡，他是一個目無尊長、冷酷無情、小氣又刻薄的人；「大鳥」賴瑞．博德聰明又努力，證明跑不快跳不高也能夠馳騁球場，可是他嘴壞小動作多，在球員界的名聲很糟；彭政閔是職棒兄弟隊的精神領袖，在國家隊的表現更是讓人敬佩，可是他也曾經是那個因為腦充血把自己掌骨打斷，影響球隊戰績兩年，缺席幾項重要國際比賽的傻小子啊。「每個人都應該被尊重，可是沒有人應當被崇拜，」科學家愛因斯坦說，可是，我們真的聽見了嗎？

那麼，可以不要再隨著媒體跟網路神來神去了嗎？從運動明星到政治人物，沒有一個人需要我們義無反顧地維護，或是毫無保留地膜拜。

6 沉重的光環：台灣之光

需要隨時揹負球迷賦予的光環，是明星運動員的榮耀，也是宿命。人們把自己難以達成的夢想投射在旅外球員的身上，希望他們替自己發光發熱。這樣的期許，在職業運動員的身上是無可厚非的。雖然選擇把運動當作職業，只是三百六十行的一種，可是既然觀眾買票進場看他們的比賽，花錢買紀念商品，投注無數的心血去支持，這樣來說，揹負沉重的期許，也是選手工作的一部分。

可是期待不能無限上綱，畢竟，那只是一份工作而已。世界上沒有保證贏球的球員，技術跟運氣最好的投手，生涯的勝率也只有七成，每個人都有被擊沉的一天。美國職棒史上最好的打者之一，底特律老虎隊的諾恩・凱許（Norm Cash）曾說：

「在十四年生涯裡，我被三振一千零八十一次，以平均一年五百個打數來算的話，我有整整兩年連球都沒有碰到。」

不管是哪一種運動，都沒有那麼簡單。在各個競技殿堂裡，每個選手都盡自己最大的努力去發揮，就算結果不如人意，我們至少應該為他們的辛苦喝采。

這些故事，多多少少記錄下這些年裡，「台灣之光」們的辛苦奮鬥。

在遠方飛舞的蝴蝶

從二〇〇四年的夏天開始，「巨怪」蘭迪．強森就覺得很不高興，不斷要求響尾蛇隊把他交易出去。

三年前，響尾蛇隊才剛拿下世界大賽的冠軍，感覺卻是好久以前的事情。二〇〇四年悲慘的球季，球隊勝率不到四成，對好勝心切，卻已經四十歲的一代巨投強森來說，是很難熬的幾個月。七月底的交易大限前幾天，強森預先跟隊友道別，連更衣室裡的東西都打包好了，他準備去紐約，投入洋基隊的懷抱，在職業生涯的尾聲多享受幾次季後賽。

結果季中的交易沒有發生，像強森等級的好手，通常要拿好幾個新秀球員來換，可是響尾蛇在洋基農場裡連一個看得上眼的選手都找不到，於是交易胎死腹中。剩下的半個球季，無奈留下的強森跟球隊關係降到冰點，互相放話攻擊像是肥皂劇一樣，好不容易熬到球季結束，響尾蛇隊才重啟跟洋基隊的談判。

最後，這兩支球隊和洛杉磯道奇隊完成三方交易，響尾蛇隊從洋基隊先發輪值裡，拿到打進明星賽的年輕投手瓦茲奎，還有在小聯盟拿下十一勝的新秀哈爾西，另外從道奇隊得到外野手格林。

在這個交易裡，為了得到強森，洋基隊願意釋出不錯的投手瓦茲奎，是因為他們剛用高薪簽下好手萊特，他經歷手肘手術一整年的復建，新的球季頗受期待；道奇隊願意交易明星級的外野手格林，是因為他們剛花重金得到強打外野手德魯，格林的位置變得有點多餘。

這麼多名字的故事，聽起來可能覺得一頭霧水，可是，你知道嗎，你我的生活，從「巨怪」蘭迪．強森的不高興開始，發生了巨大的改變。

二〇〇五年球季，萊特當然成為洋基隊新的先發投手之一，可是不到一個月，就因為手傷復發，被放進傷兵名單。遇到這樣的情況，原本上來接班的應該是哈爾西，可是他已經被交易出去，洋基隊只好在剩下的小聯盟投手群，也就是別的球隊根本瞧不起的陣容裡，挑一位上大聯盟，擔當先發的任務；過了幾個星期，一場響尾蛇隊遇上道奇隊的比賽，從洋基交易來的菜鳥投手哈爾西上場先發，結果控球不穩，投出觸身球把道奇隊新外野手德魯的手腕打斷，沒有格林的道奇隊，只好從小聯盟拉上一位遲遲沒有表現的年輕球員替代。

洋基隊頂替輪值的投手，叫做王建民；道奇隊拉上大聯盟的外野手，叫做陳金鋒。

後來的故事你我都很熟悉，就像在南美洲飛舞的蝴蝶，改變北美的氣候一樣，起源自蘭迪．強森不想待在響尾蛇隊造成的蝴蝶效應，讓台灣同時有兩位球員登上棒球的最高殿堂。於是，我們突然對遙遠的大聯盟興趣倍增，生活的規律變成投一休四，連股票市場都受到球員的表現影響，或許還因為王建民的勝投不斷，大家都變得樂觀起來。

同樣的一年，在野的國民黨選出備受期待的馬英九擔任黨主席，年底縣市長選舉逆轉席捲大部分的席次，備受爭議的陳水扁政府被地方包圍，連任之路從一開始就陷入困境……。

感覺上好久以前的事情，其實也才經過幾個球季而已。政治，還有人生所有的事情，都跟球賽沒什麼兩樣，下一個球季馬上就來，沒有人知道，蝴蝶在遠處的哪個地方飛舞，又會帶來什麼影響。

在洋基球場，王建民做到了

投完前三局，球評開始稱讚這個台灣來的小伙子：「他應該在想，原來大聯盟也不過是這樣而已嘛。」對手多倫多藍鳥隊有著整個聯盟當中最貧窮的打線之一，不過卻跟奧克蘭運動家隊一樣是「Moneyball」——統計棒球的看板球隊，球員以高上壘率為優先，很少使用積極的跑壘戰術。雖然在這些年的戰績並不十分理想，卻一直被期待著隨時會有重大突破的一年，絕對不是一個容易對付的對手。

然而王建民竟然做到了，前三局投出無安打無保送的「完全比賽」。要不是後來的一場雨把他的控球搞亂，這個以往在小聯盟三振與四壞球比例是三點五比一，控球十分精準的二十五歲年輕人，或許不會在五局上半出現不需要的保送而失分。也要不是八局上三十七歲的中繼投手戈登讓藍鳥隊唯一的加拿大本國籍選手，三壘手科斯基擊出追平比數的全壘打，王建民就會在生涯成績上寫下第一場勝投。

就算沒有拿到勝投，總教練托利對於王建民初出場七局的評價還是很高，「從我一九九六年接任總教練以來，新人投手首度先發最好的一次，」他說。「我們球隊裡並沒有太多的球員能夠從小聯盟一路爬上來，馬上就有好的表現。事實上，在過去十年裡只有一個。」托利指的是在九六年登上大聯盟的梅朵薩。

所以這天王建民做到的事情——在大聯盟最具代表性的球隊裡，成為終止三連敗的救星——絕對是歷史性的表現。洋基隊以幾乎毫無上限的預算著稱，農場裡的年輕好手只是季中或是季末交易的籌碼。事實上，如果不是王建民在先前球季的交易終止日之前，被當時擁有蘭迪．強森的響尾蛇隊嫌棄，後來就不會有青天白日旗出現在矗立八十二年的洋基球場。

美國的三大職業運動裡，職業籃球在王治郅敲開大門之後，已經有姚明、河昇鎮和田臥勇太作為代表性的人物，美式足球也有數名越南、韓國和日裔的選手，雖然備受矚目的球員提米．張並沒有成為第一個在選秀當中入選的華裔四分衛，他還是在選秀結束之後跟亞歷桑那紅雀隊簽約。而棒球就更不用說了，從野茂英雄踏上大聯盟的投手板以來，越來越多的亞裔球員進入這個夢想的殿堂。這樣的現象可以證明亞裔的新生代，在飲食習慣的改變以及成長環境的進步之後，身體的對抗性越來越接近其他的人種。中國在奧運的大幅進步也證明了這一點。

除了外在條件的改變之外，亞裔運動員在心理上的建設也越來越成熟，越來越有追逐夢想的勇氣。不管是已經登上大聯盟或是還在農場裡奮鬥的，這些新生代的球員都有在自己國內獨當一面的資質，他們卻做出不一樣的選擇。雖然高額的簽約金是其中不少球員的誘因，可是不管怎麼說，在小聯盟的舟車勞頓跟割喉競爭，是選擇這條路之後，所有球員必經的過程，能夠在這樣環境之下堅持與成長的一代，是非常值得期待的。

法蘭克．辛納屈唱著：「If I can make it there, I'll make it anywhere」，王建民已經從哥倫布市踏進紐約市，就算他最後不能立足此地，有一天還是會有更多的亞裔球員踏進相同的球場。這些離鄉奮鬥的勇士們，讓台灣跟美國的距離越來越近。就像在轉播當中，紐約的電視台打出台灣的當地時間，是凌晨三點半——對於在電視前面或是網路前面的球迷來說，不管身在何處，跟星條球衣迎風飄颯的洋基球場唯一具體的距離，只剩下時差而已。

王建民洋基時期飛揚的國旗

林來瘋之前的林來瘋

法佛爾（Brett Favre），很多人稱他是美式足球界的喬丹，這不只是因為他是史上最好的四分衛之一，主要的原因，是他跟在NBA叱吒多年的喬丹一樣，退休又復出的橋段重演了好幾次，弄到最後變成脫口秀促狹的對象。在二〇一三年球季，他四十四歲，孫女都已經上幼稚園，離開職業球場，已經是好幾年前的事情。

在二〇一三年十月，法佛爾接到聖路易公羊隊的電話，問他想不想重回球場。公羊隊先發四分衛的前十字韌帶在比賽中斷裂，整個球季宣告報銷。球季過了一半，公羊隊希望在自由球員的市場上找到一個能夠帶他們起死回生的奇蹟，於是把念頭轉到這個現役高中教練兼球評的身上。

法佛爾當然婉拒了，美式足球不是給阿公玩的。

可是在自由球員市場上，有另外一個人倒是痴痴地在等電話，該死的電話卻怎樣都沒有響起。他是提寶（Tim Tebow），林來瘋之前的林來瘋。二〇一一年球季第六場比賽，提寶接下丹佛野馬的先發四分衛，把一勝四敗的球隊變成聯盟分區冠軍。他總是能在比賽的後段帶領球隊反攻，配上他鮮明的基督教徒形象，在當年成為美國體壇最受矚目的巨星。球季結束之後，他被交易到紐約噴射機隊，跟當時還在尼克隊的林書豪，儼然將變成紐約往後數年的神蹟連線。

美式足球在美國受歡迎的程度，是遠超過ＮＢＡ的，所以當年林書豪還經常被問到身為籃球場上的提寶，是什麼樣的感覺。雖然林書豪並沒有要跟提寶相提並論的念頭，兩人生涯的相似性卻很難被忽略。提寶拿過大學美式足球的最佳球員獎，卻一直不被職業球探看好，在野馬隊卻因為先發主將受傷得到展露光芒的機會。他的職業數據的確證明他並不是一個稱職的四分衛，卻在那個短暫的球季能夠讓自己的球隊贏球。

提寶在噴射機隊幾乎沒有上場的機會，後來被球隊釋出。球季之前被新英格蘭愛國者隊短暫簽下，不過在季前訓練營就被丟掉。提寶二十六歲，只比林書豪大一歲，可是回到職業足球場上的夢想，感覺是越來越遠，畢竟，公羊隊連法佛爾阿公都去問了，也沒有想到他。

因為，在職業比賽場上，一切最終還是會回到數據。二十一世紀的職業運動，已經跟上個世代完全不同。當今的職業棒球，球迷可以看到外野手頻頻移防，或是內野手全部換到半邊，投手的配球也跟守備的異動緊密連接，這都是統計學變成主流之後造成的現象。從二〇一三年球季開始，聯盟首度主動在每一個球場的樑柱上安裝可以記錄跟分析各項數據的攝影系統，也是向數字靠攏的結果。

以往ＮＢＡ球隊總經理的位置，經常是由退役球員轉換跑道去擔任，可是最近這幾年來，百分之九十接下這個職位的，都是具備數字分析能力的專業經理人。ＮＢＡ球隊越來越注意球員的效率指數，像是ＰＩＥ、ＰＥＲ或是ＷＳ，這些新式的效率數據直接決定了球員的價值和定位。故事回到林書豪的身上，在先發控衛的競爭裡，他的數據的確比不上隊友。現代籃球注重三分線的攻擊遠超過以往（當然，因為統計學證明三分線的投資報酬率最高），他的命中率卻苦無成長，也是影響他未來的關鍵。

當旋瘋塵埃落定之後，能夠證明球員身價的是數字，而不是掌聲。林書豪在ＮＢＡ要能站穩腳步，還需要很多的努力。球迷，也要繫緊安全帶，才能一起經歷高低起伏的驚險歷程。

—火箭隊作客華盛頓ＤＣ

拎著運動袋旅行的孩子

幾十年前，曾經讓台灣人津津樂道的經濟奇蹟，是從數不清的登機證開始的。許多中小企業的商人，帶著塞滿了公司型錄和樣品的公事包，飛往世界的各個角落，帶回驚人的外匯存底。而今天，許多的職業選手，似乎正在創造一種新的經濟奇蹟。他們的運動袋放的是撒隆巴斯和筆記型電腦，而登機證在手上，行程一樣匆忙。

詹詠然跟莊佳容在二〇〇七年澳網的神奇旅程結束了。兩個小女生雖然沒有能夠帶回台灣的第一個大滿貫賽事的冠軍盃，還是把國人的目光從寒冷的社會版跟政治版帶到陽光燦爛的墨爾本。而雙打的亞軍，豐碩的ATP積分，還有稅前兩人一共五百六十八萬新台幣的決賽獎金，對於身為九二一受災戶跟循環卡債卡奴第二代的她們來說，也算是辛苦付出之後不小的回報。

辛苦付出不是隨便說說的。我曾經在華盛頓DC的美國公開賽球場上遇見王宇佐，他從會外的資格賽開始打起，擊敗另外三個同樣名不經傳的對手，打進會內賽。資格賽是在只有三層板凳看台的球場舉行的，觀眾三三兩兩，那時候的他身形單薄，走下球場的時候，看起來更顯孤單。沒有家人在場邊等待，因為機票是額外的負擔，專屬的教練更因為經費有限，是一個遙不可及的夢想。依舊年輕的王宇佐已經是台灣網壇的二巨頭之一，可是他一定不會忘記之前的辛苦。這就是一個典型網球選手的生涯。他們需要在有限的經濟支援下，負擔自己旅行跟住宿的費用，在各式資格賽裡拚命爭取稀有的會內賽資格，這樣的生活一直到等到第一張外卡的來臨之後，才能稍稍得到改善。

雖然說成功總要先經過一番寒徹骨的洗練，可是台灣企業對於運動選手贊助之淡薄，也未免讓各式選手的育成期更寒冷了一些。這些從舊的經濟奇蹟建立起的企業體，與其說是對新生代缺乏感情，不如說是對運動行銷缺乏長期的規畫與評估能力。在這些帶著運動袋旅行的孩子身上，未來的商機是不可限量的。然而唯有能夠有計畫性地贊助運動員的企業，才能夠在球員的黃金期來臨之前，找到投資的標的。今天任何一家財力雄厚的公司，都可以花大錢請王建民代言它的產品，可是只有宏碁電腦在王建民手傷的時候，用低價簽下代言合約，獲得最大的報酬。

這樣的循環是雙贏的，球員生涯的初步最需要雪中送炭的資助，而企業也能夠在押對寶的球員身上，獲得最高的投資報酬率。今天以後，台灣會有更多的王建民、詹詠然跟莊佳容出現，而企業主是不是準備好去找尋下一塊璞玉呢？

豐碩的職業運動生涯？

三百六十一萬和兩百一十九萬台幣，是王宇佐和盧彥勳在二〇一四年溫布頓網球公開賽得到的獎金，稅前的數目。王宇佐打出個人最佳的成績，進入前卅二強；盧彥勳曾經在溫布頓參加過八強的比賽，在第二輪就輸球，自己應該不會太滿意。不管怎樣，從獎金看起來，幾天工作換來七位數收入，似乎還是很豐碩的成果。

還記得十年前的夏天，在華府的雷格．梅森公開賽遇見十九歲的王宇佐，一個人背著球袋靦腆的模樣。這些年來，他經歷了幾乎終結網球生涯的嚴重傷勢，竟然還能重回球場，重了十公斤的他比從前壯了很多，在場上也更聰明；盧彥勳在亞洲網壇創下許多首位的紀錄，二〇一〇年的溫布頓，他爆冷擊敗當時世界排名第五的美國名將洛迪克，現在還是網球史上最被人津津樂道的畫面之一，比賽後他的序位大幅進步，當年底高居第卅三名。

美國政府健康部的一份研究論文指出，網球員的巔峰出現在廿四歲。不過，這份報告是廿五年前的研究，現代的訓練、營養跟運動醫學的進步，足以讓選手的運動生命獲得延長。二十幾年後，世界排名前十的平均年齡，已經從廿三歲增加到廿七歲，可證當今選手的巔峰期延後不少。可是，卅歲還是老了。費德勒卅一歲後就難再重回球王寶座，山普拉斯最後一次世界第一是廿九歲，盧彥勳打敗的洛迪克，那場比賽之後就直線下滑，在卅歲生日的那天宣布結束職業生涯。

跟你我的工作一樣，職業運動是一個生涯的選擇。從兩位選手在溫布頓拿到的獎金看來，似乎比我們的無聊工作好很多，事實卻沒有這麼簡單。《富比世》雜誌在去年的一份報導，分析網球選手的收入跟支出，結果在一般的次級賽事，無法進入四強就可能虧本；倘若選手生涯不能打進前一百名，退休時還不一定存得了錢。

盧彥勳排名較佳，累積的獎金已經上億台幣，這幾年企業贊助也多，應該沒有問題；王宇佐帶傷奮戰多年，排名始終在三位數以上，迄今獎金大約是三千萬左右，雖然聽起來也算不錯的數目，可是別忘了，網球選手自費大部分的食宿、交通、訓練，十幾年賺這筆錢並不一定收支平衡。王宇佐在溫布頓之前的二〇一四年總獎金收入只有一百六十萬。

更可怕的是，這是稅前的數字，像是王宇佐在溫布頓拿到的三百六十一萬，英國政府要扣掉超過一百一十萬的稅，他們甚至連外國選手在比賽期間的企業贊助都要抽稅。許多運動員因此曾經拒絕參加在英國舉辦的比賽，世界短跑紀錄保持人波特就是一例，網球員卻沒有辦法向溫布頓說不。在美國，許多職業網球員退休後教球維生，聽他們說起從前的生涯，雖然有無價的回憶，有些人卻因而負債。

畢竟這是自己選擇的工作，球員不能冀望政府補助，正如你我不能要求政府贊助我們在辦公室做白日夢一樣。然而偉大的企業主，如果有行銷或宣傳的預算，請不要忘了這些為了自己夢想而奮鬥的球員。或許會因為你們的奧援，他們短暫的運動生命，能夠少一些憂慮，而更燦爛一些。

金牌真的沒有那麼重要

部門在徵一個入門等級的分析師，收到一大堆履歷表，其中一份特別吸引我，「我正在準備參加奧運的測試，」這位應徵者在簡介信上寫到。除了想要當財務分析師之外，她也是標槍選手。後來她並沒有得到這份工作，所以我也不知她是否如願參加倫敦奧運。不過，跟同事朋友聊起來，才知這件事在美國並沒有我想像中特別，有人的先生在兩屆奧運的跆拳道代表隊，有人的兒子在乒乓球徵選的邊緣，原來，奧運跟生活的距離並沒那麼遙遠。

現代奧運的精神，老實說，跟我們認識的不太一樣。從小我們看到太多為國爭光的場景，每四年都要經過一番為什麼得牌不利的檢討，好像奧運是國家體育最重要的一環。然而，奧運之父顧拜旦男爵在百年前恢復這個世界性的運動盛事時，強調的就是志在參加的業餘精神，儘管近年來因奧運商業化，需要頂尖球類運動員參與，將參賽權開放給職業選手，但不管是職業或業餘，奧運從沒把自己設定成國家主義或民族主義的戰場。

在歐洲跟美洲，因為運動已是生活一部分，對於奧運的個人及業餘精神的實踐，相對來說簡單很多。事實上，在美國負責協助選手訓練的權責機構USOC，現在經費來源完全是私人募款跟公司贊助，翻開歐美運動員的秩序冊，許多參賽的選手都有除了運動以外的職業。反之，亞洲國家或完全不在乎奧運成績（如許多南亞國家），或將奧運變成展示國家實力的主戰場，中、韓、台皆如此。在台灣，例年來政府的體育預算，所謂推展全民運動的經費，大多數都花在對亞奧運競技項目選手的培訓。而中國對奧運更是大做面子工程，猶如昔日東歐跟蘇聯一般，選手從小被丟進國家機器接受養成，成果顯著有目共睹。在北京奧運，中國不負自己期望拿下金牌數第一，倫敦奧運的金牌數也僅次於美國。

這樣得來的金牌，難怪會創造出女子游泳比男子快，這種打破世間常識，挑戰人類智商，卻滿足中國自信心的奇特現象。以金牌為重的體育政策，首當其衝的當然是造成的預算排擠，犧牲的是推展全民體育與非競技項目的體育推廣經費。在這個金字塔裡，幾乎每人都是受害者。民眾除了在十幾天以內短暫抹去自己的體能自卑感外，什麼都沒得到。以中國來說，這麼多的金牌數，還是不能改變它是一個體育未開發國家的事實。運動員以金牌為單一目標的訓練，對身體造成莫大的損傷，更遑論那些用禁藥或用超越藥檢技術的藥物換取的成績，換來的金錢代價其實也不能完全照顧這些運動員下半生。而真正在比賽中能得到金牌的運動員畢竟是少數，過程中被淘汰的，比賽中失常的，下場更慘不忍睹。

希望不久的將來，東亞國家能向奧運金牌的面子工程說不。或者，總有一天面子做足了，可以開始做做裡子吧。說真的，金牌，其實沒有那麼重要。

7 媒體遺忘的新聞與戒律

二〇〇六年，台灣媒體派駐在美國，報導體育新聞的專業記者，只有四位。相較於日本球員在各地的比賽都有大批駐外記者追隨，無疑是天壤之別。台灣觀眾跟讀者每天看到的體育新聞，大多都是外國通訊社的畫面，或是翻譯其他媒體文章拼湊出來「綜合報導」。

那年的一篇文章「二手王建民」，記錄下當時奇特的景象，值得高興的是，隨著王建民的熱潮，隔年開始，各大媒體都派人進駐，一時之間盛況空前。

又過了一陣子，在二〇一四年，台灣媒體經過一連串成功與失敗的購併後，大幅撙節成本。到二〇一四年底，派駐在美國報導體育新聞的專業記者，一個也不剩。

其實不只是體育記者，全部駐外記者的人數，不到幾年前的一半。換句話說，不只是「二手陳偉殷」，其實台灣閱聽人每天接收的報導，大部分都是二手的新聞。不是記者親自跑出來的新聞，不但缺乏完整的面向，更糟的是，有時候根本是假的。

難怪許多根本不需要報導的負面社會新聞，因為取材便宜，無緣無故地被放大。除此之外，媒體拚命尋找下一個見血封喉的致命病毒，或是捕風捉影的食安問題，讓大家的生活經常被無聊的恐懼籠罩。

身為一個閱聽人，在這個年代裡，需要睿智地跳脫出惡質的循環，尋找誠懇的報導故事，還有，不要輕易掉進媒體的偏見陷阱裡。

二手王建民

十幾年前，我大學裡必修課「廣播新聞」的講師是知名的中廣主管。除了新聞學的專業以外，他以精準的現場運動轉播為人稱道。這些年來，走進他課堂的學生，應該都聽過這個故事。

時間是某一年的世界盃棒球賽，他奉派出國做實況轉播。通常是駕輕就熟的工作，卻在一場比賽遇到難題。那天他走進球場的時候，才赫然發現，大會給的賽程是錯的，比賽已經在幾個小時之前結束。眼看實況轉播就要開天窗，許多熬夜的聽眾知道以後多半要氣得跳腳……還好，辦法是人想出來的，他靈機一動拿著大會提供的賽後紀錄，照樣編了一場現場轉播。在沒有網路跟電視轉播的年代，這樣也就度過一個難關，完全沒有人聽出破綻。

有一陣我常常聽到苦悶的朋友說：「唉，王建民是生活裡唯一的快樂了。」連新聞都藍綠分明，像是色盲檢定圖表的每天，投一休四的王建民，可能是島內的少數公約數之一。因此，王建民新聞的重要性，自然不言可喻。同是王建民隊友的松井秀喜，每場比賽都有秩序井然的數十個日本媒體隨隊採訪，那麼可想而知，競爭激烈的台灣媒體，應該也有許多記者派駐美國，等著提供精采的王建民新聞給閱聽人吧？

很遺憾地，事情並不是這樣。「四」，是當時台灣媒體常駐美國負責王建民新聞的記者

洋基春訓球場

洋基巨型爆米花

總數。只有來自兩份報紙的兩組記者，有專業的體育記者跟隨王建民移動。其他的平面媒體，就跟一般的球迷一樣，都只是看電視轉播說故事而已。報社需要用照片的時候就是路透社的照片，需要花絮的時候就綜合報導一下ＥＳＰＮ或是《棒球美國》的內容，自己有空隨便想想寫寫，就像寫部落格一樣，偶爾再加上一些專業網友的說法。換句話說，台灣今天大部分的王建民新聞，都是二手或是三手的消息。跟我當年在課堂上聽到的軼事，其實差不了多少。

在這樣的情況下，不願意投注資源的平面媒體，對一些怪現象振振其詞的情況就十分有趣。常常看到報紙在電子媒體出現一些三腳貓的賽後訪問的時候大肆撻伐，卻沒有想到這些電子媒體派駐美國的特派記者通常是以政治時事新聞為主，體育專業本來就不是他們能力所及，能夠到現場採訪已經是勉為其難了。這時候台灣有棒球專業的體育記者在哪裡呢？大部分正在電視前面看公共電視轉播，難不成要洋基隊全隊賽後等台灣記者的越洋電話採訪吧？

在球場帶給球隊「台灣媒體不專業」的壞印象還是其次，主要的問題是，記者從電視轉播能夠得到的報導是管中窺豹的。攝影機不在的地方，美國運動網站沒有報導的地方，新聞就不見了。閱聽人看到的，都是以美國立場對一個外國投手的報導，而台灣眼光的王建民，就在大部分報社主管的精打細算裡消失不見。

早上，我的同學剛飛到多倫多，雖然王建民這幾天在加拿大沒有賽程，先前的雙重賽打到將近十一點，他也得在清晨四點起床趕飛機。辛苦地隨隊移動，常常只為了做隊友跟王建民的互動，或是場邊熱身的報導。他接替之前派駐美國的同事，到美國兩個多星期，這幾天裡他到過紐約、巴爾的摩、堪薩斯市，過兩天他要飛到坦帕，幾乎沒有休假的生活預計要到十月初球季賽結束為止。只要王建民在哪裡，他就要在哪裡，連回家的時間也不確定，這趟在美國四處出差的行程，有可能會超過三個月。

「拿小聯盟的差旅費，走大聯盟的行程。」這不也是許多上班族的寫照嗎？

洋基球場滿場觀眾

不重要的故事

你認識自己住家附近，學區高中足球校隊的隊長嗎？

一定不認識吧。但你可能認識好幾個經常裸露擠上版面的小模，對暢銷作家的緋聞瞭若指掌，說到市長參選人到底有沒有吃地瓜的問題，也頗有研究。

我家附近高中足球隊的隊長叫做拜能．寇提斯，身高五呎八吋，是一位中場球員。他在北卡出生，因為父親在空軍服役的關係，成長的過程裡待過好多不同的地方。不管在哪一個學校裡，他都是陌生的新同學，如此居無定所的生活，對這個年紀的男孩來說，是很煎熬的事情。還好，他喜歡運動，軍人家庭的背景，更讓他在球場上，有比同年齡學生更堅強的意志力。

拜能並不是一個偉大的球星，也沒有當職業運動員的規畫，他對未來的想法是在大學畢業後，當一名物理治療師。我知道他的故事，只因為地方報紙的體育版用了半個版頭的頁面介紹他。

攤開地方報，體育版的首張除了拜能的故事，還有另一間高中的美式足球教練，希望自己的連勝球隊，能夠趕快輸一場球的專訪，「奮戰之後輸球，更能教這些孩子們怎樣當個男人，」教練這樣說。其他版面有學校女子排球聯賽的分析報導，配上一位清秀亞裔女生跳起來封網的生動照片。整份體育版，放在報紙的第二疊，僅次於頭版要聞的分量。

對很多人來說，這些故事的主角聽起來一點都不重要。可是，這份叫做《公報》的免費報紙，五十五年來，卻不停說著這些不重要的故事。

《公報》的發行量大約廿幾萬份，服務的地區有一百萬人口，是《華盛頓郵報》子公司之一，現在也變成亞馬遜老闆貝佐斯企業集團的微小部分。報社幾十位記者每天的工作，就是在不到新北市四分之一大的地方深掘政治、社會、教育、交通、文化，當然，還有體育的新聞。

我們生活的周圍，很多人都有故事，很多故事都有值得深省借鏡，或是微笑感嘆的地方，這些故事，倘若沒有人說，就沒有人知道了。還好跟《公報》同樣記錄眾生新聞的小報紙，在美國還有幾十家，提供讀者在量販式新聞以外，一些其他選擇。有些好故事會像蒲公英，隨著社群媒體飄到遠方，帶來更廣泛的影響。

這些故事主角，可能是我們鄰居；這些故事主題，可能直接影響我們每天呼吸，對我們的日常生活，其實遠比裸露身體的小模，或是暢銷作家的緋聞重要得多，也更具正面娛樂效果。可是在台灣，大家最常接收的媒體，其實只是用各種極端的立場，配上聳動的標題，去說那兩三個同樣的故事而已，所謂的深度報導，往往只是熱門新聞的枝微末節。原本就稀少的地區性媒體，在制式量販新聞的夾擊之下，能夠發揮的空間越來越少。

不住在台北都會區的人們，真的需要台北市長的選戰新聞嗎？比台北重要很多的紐約市，人口多了三倍，市長選舉從政黨提名到正式投票只有兩個月，台北市從初選開始，新聞已經占據各大媒體快要一整年，到選前一個月在竟然還有不能決定投誰的「中間選民」，從這樣的結果來看，大部分過程根本是浪費時間。

你認識自己住家附近中小學任何一個球隊的隊長或教練嗎？他，還有你身邊的許多人，其實更值得你關注。

菜鳥四分衛的簽名

故事是從這裡開始的，丹佛野馬隊在二〇一〇年有一個頗受期待的菜鳥四分衛加盟——提姆・提寶。他在大學時代帶領佛羅里達州大拿到兩次全國冠軍，個人數次被選進全美第一隊，還拿過大學足球的最高榮譽海斯曼獎。他創下最驚人的紀錄卻是在比賽之外的花絮。提姆是個篤信基督的虔誠教徒，在大學比賽生涯裡，他經常把臉上的黑色反光膏當作廣告看板，寫上聖經的章節數。去年的大學足球總冠軍賽，他眼睛下面的「約翰福音三章十六節」，經過電視轉播，賽後一共吸引了九千四百萬人次的網路搜尋。這個數字是收看比賽轉播觀眾數的三倍，美國人口的三分之一，實在是不可思議，不過既然是網路說的，一定沒有錯。

當然，後來大學足總從此禁止球員在反光膏上面亂寫字的行為，不然等到哪個無神論的球員寫這個世界上沒有神，或是有政黨傾向的人寫歐巴馬萬歲或歐巴馬笨蛋就麻煩了。不過提姆已經從此成為保守勢力的最愛，他在超級盃代言了兩段三十秒，播出費總共台幣一億六千萬的反墮胎廣告，也引發許多正反兩面的評價。

就這樣，儘管提姆在職業足球場上還是一個連先發也排不上的菜鳥，他已經是野馬隊賽前賽後的記者會裡，媒體競相採訪的對象。有一天，發生了這樣一件怪事：

事情發生在比賽過後，一群記者在球員休息室訪問提姆，其中有一個記者訪問結束，請他在比賽攻守名單上面簽名，另一個記者看到之後，也請他在自己的採訪證上面簽字留念。

聽起來好像是再平常不過的一件事情吧？可是了解媒體規範的讀者，應該已經看出了端倪。職業運動的採訪規則有很多，不過最簡單而重要的只有兩項。第一，在球場的記者室跟轉播室，不得對比賽的任一方公開歡呼，第二，不能跟球員要簽名！

這兩個笨蛋、蠢材、雜碎（以上皆為群情激憤的記者在事後發表的文章上對他們的稱呼）立刻被野馬隊的公關驅逐出球場，後來也銷聲匿跡。這件小事，引發了許多對媒體規範的討論。那兩條最重要的內規，第一條當然是要媒體保持中立，而第二條，則是因為球員的簽名並不是無價的。以提姆的高知名度，簽一次名向球迷索取的報酬可以高達五千元台幣，轉手賣出的價錢更是不止這個數目。不管在任何領域的記者，在任何時候都不能跟採訪對象索取回饋，對體育記者來說，因為簽名有市值，要簽名這種行為就不能被允許。而野馬隊公關立即制止菜鳥四分衛不知輕重的草率簽名，也一刀畫清受訪者不應該提供回饋的界線。

誠如一位福斯新聞網的記者在事後發表的文章所說，新聞記者的操守不容接受挑戰，這兩位記者接受了採訪對象的回饋，在日後怎樣能夠維持新聞的自主跟中立性？只因為五千元台幣價值的簽名，他們不僅毀了自己的專業性跟良知，更讓其他秉持良心遵奉規範的同業一起蒙受羞辱。

這就是別人對媒體的標準。故事說完了。

眾所未知的野獸泰森

拳王麥可．泰森是一隻野獸。

他的父親在他出生不久後就離家出走，獨立撫養他的母親選擇出賣自己的肉體來養家。在紐約布魯克林貧困區域長大的泰森，從小就是警察局的常客。經濟拮据跟缺乏管教讓他經常犯下竊盜之類的小罪，他說起話來聲音尖細加上大舌頭，又使得他成為大家取笑的對象，照著街頭的規矩揮拳回敬的結果，是泰森從十二歲開始，就住進了少年監獄。

在監獄裡，泰森被一位從拳擊場上退休的觀護員發掘，之後的一切，是近代拳擊史上色彩最豐富的一段。十五歲參加少年奧林匹克系列賽，業餘的泰森以擊倒贏得所有的勝利，其中一場比賽僅僅花了八秒鐘。十八歲轉入職業，他在場上還是勢如破竹，大部分的對手連一回合都撐不過去。兩年不到的時間，泰森就成為拳擊史上最年輕的重量級拳王。

泰森的拳擊生涯經常有脫序的言行，是媒體樂於取材的對象。他向對手丟下的狠話，包括：「把他的心臟挖出來給他吃」、「殺光他的全家再把他的小孩吃掉」、「我要硬上他上到愛上我為止」。在場上，他曾經把對手荷利菲德的耳朵咬下來。場外的泰森也是爭議不斷，廿歲出頭跟昔日的當紅女星吉文斯結婚一年就分手，她聲稱經常受到他的家暴。幾年後泰森更因為被羅德島選美小姐指控強暴，判刑六年，坐了三年的牢才獲得假釋。幾年後又因為持有古柯鹼被起訴，進了勒戒中心去戒毒。泰森的生涯總收入大約是一百億台幣左右，可是他早已破產了。

泰森黝黑的膚色，殺人機器的身軀，沒有經過學校的教育，加上被廣為宣傳的瘋狂行徑，還有臉上的刺青，媒體對他的角色定位很輕易也很清晰：他是一隻野獸，愚蠢而危險，他的人生就跟他那好笑的口音一樣，活該大家的揶揄。

我也一直是這樣覺得的，直到有一天開車上班的路上，聽了他超過一個半小時的訪問為止。原來，除了上面那些被重複放大的片段，我根本對泰森毫無所知。他其實是一個虔誠的穆斯林，是一個完全的素食主義者，現在除了演出醉後大丈夫系列的喜劇電影，還有全國巡迴的個人演說秀之外，泰森花了很多時間投身在提供破碎家庭青少年機會的公益活動，因為，他知道出身貧困的難處。

他對自己人生的起落聽起來毫無怨恨，那些曾經騙走他的錢的人，那個偷睡了吉文斯的布萊德．彼特，對他來說都已經是過往雲煙。他為拳擊場上被他打傷的對手感到難過，「後來，我才知道，是我童年的痛苦讓我變成那樣的人，」他說。許多先前向對手挑釁的言詞就是這樣來的，當然也有很多其實只是為比賽的宣傳。然而，對拋棄他的父親，成為妓女的母親，他並不憤怒。他提到啟蒙教練對他勝過父親的意義，說著說著就流下淚來。

不過整個訪問卻是快樂的，因為他對自己現在雖然身無分文，卻有值得珍惜的妻子跟家庭覺得感恩。四十六歲的泰森，邏輯分明，情義真摯，像是一位禪學大師。

聽著聽著我就覺得自慚形穢起來，原來，當很多媒體一起製造偏見的時候，我竟然是如此毫不自覺，而且如此毫無抵抗，久而久之，偏見就變成主見了。我不知道，是不是還有很多現在我們身邊的事情，也都是這樣而已？

即時假新聞

點閱率很高的報紙在即時新聞區出現了斗大的標題：「林書豪惦惦吃三碗公，當選今年最會賺籃球員」，這則報導指出林書豪薪水加上業外收入一共達到十七點零八億台幣，高居百大最會賺錢籃球員的榜首。

撰文的記者是參考網站「Mediamass」的報導，網站引用了《華盛頓每日新聞》以及著名的財經雜誌，文章又是值得相信的洋文，記者看到就翻譯成自己的新聞稿。因為是台灣之光又發光的重要新聞，網站的編輯自然把它放在版面上最醒目的地方。不幸的是，這是一則假新聞，文章提到林書豪自營的產品、餐廳都不存在，而他的收入在NBA，也只算是正常而已。

幾個小時以後，報紙才發現自己上當，除了把這則假新聞移除之外，又登出了一則不算是更正啟事的更正啟事：「林書豪被惡整，最會賺、祕婚都是假的」，照片的圖說也寫上「林書豪成假新聞網站惡搞受害者」。

被惡整的當然不是林書豪，而是抄來抄去的媒體。而受害者當然也不是林書豪，而是讀者。

傳統媒體在這個時代的處境是十分尷尬的，越來越多的閱聽人是從社群媒體得到新聞資訊，而不是等待電視、報紙的緩慢更新。在地震過後，從前的人會打開電視，等著看地震的消息，現在很多人做的第一件事，卻是打開手機，看臉書上各地親朋好友的狀態，順便了解實際的災情。

面對這樣的挑戰，傳統媒體更注重時效性，報社記者被要求隨時發稿，不用在乎是不是能夠擠上隔天的版面。新聞的點閱率，也理所當然變成評量記者表現的重要標準。不只是文字記者面臨這樣的壓力，攝影記者也需要加拍影音即時上傳，薪水沒有比從前多，工作量卻比從前多了。

在質量不能兩全的情況下，假新聞變成你我生活的一部分。有些假新聞，像是這則林書豪的報導，是求證不足的結果。這樣的窘境不只是台灣媒體獨有，美國保守派的福斯新聞網大力抨擊歐巴馬在政府關門的期間，竟然拿自己的錢出來贊助穆斯林博物館的運作，竟是因為誤信知名惡搞網站「National Report」，見獵心喜的結果，當然是丟臉收場。

不過，有些惡劣的媒體卻是假新聞的製造者，為了追求點閱率／收視率／銷售率，刻意製造讓人恐慌的議題，這個模式就像是幾年前的腳尾飯事件，儘管那些當事人都付出了極大的代價，政治新星失去舞台，新聞台被撤照，卻還是抵擋不住這類新聞一再出現。反正只要拿食品安全、致命疾病出來亂槍打鳥，讀者就會埋單。

所以，不只是假食用油、假布丁、假天然麵包、親朋好友轉寄的假健康知識，民眾最經常面對的，其實是假新聞。林書豪賺多少錢不會影響我們的生活，那樣的錯誤無傷大雅，或許可以一笑置之，可是販賣恐慌的新聞，讓民眾失去正常飲食的信心，卻會直接對大家身心健康造成危害。新聞媒體成天在討論各行各業的良心，我想，也應該用同樣的標準來檢視自己。

沒有威廉波特的台灣

「我一路看著你們向冠軍路前進的過程，也為你們感到無比的驕傲，你們的認真、執著與團隊合作，一點也不辜負這個光榮的隊名：傑基．羅賓森隊。」伊利諾州的州長，用傳奇黑人球星羅賓森九十二歲遺孀的賀辭，來歡迎回到芝加哥的少棒代表隊。這天城市替孩子們舉辦了盛大的遊行，千禧公園裡湧進不少加油的人群。

有史以來最精采的威廉波特少棒賽落幕了。來自費城的少女強投莫妮，用時速七十哩的速球跟刁鑽的曲球，達成史上第一次女生完投完封的紀錄；羅德島代表隊的教練在球隊淘汰之後跟小朋友的感人對話，立刻在網路上瘋狂轉載；芝加哥的故事也很動人心弦，被貧困纏繞的黑人區，藉著家長、義工和救濟組織的合作，讓這些孩子找到揮灑青春與挑戰未來的出口。

看著各地替自己代表隊舉辦的遊行與慶祝活動，或許很難想像，其實美國，一如往常地，沒有留下威廉波特的冠軍。韓國取代連續兩屆奪冠的日本，輕鬆用強打火力擊敗美國冠軍芝加哥隊。韓國隊的小朋友們身材傲人，球風凶悍，不管打出全壘打或是高飛必死球都來個大甩棒的驕傲態度，讓美國觀眾嘆為觀止。可是世界冠軍並不是美國孩子們的唯一目標，輸給亞洲球隊也沒有什麼大不了。

費城隊少女莫妮最後的兩場出賽，總共吸引了九百萬美國觀眾收看，要找到前一次類似的收視率，已經是好幾年前大聯盟的基襪大戰。她的比賽在威廉波特單場擠進三萬五千名現場觀眾，比當天同一州的職棒費城人隊現場球迷還要多。這兩個星期的比賽，各大媒體熱烈討論，社群網站充滿許多激勵人心的故事，而參加比賽的小朋友，有了一個快樂的夏天。

台灣的觀眾，在這個熱潮裡缺席了。因為二〇一四年台灣並沒有打進威廉波特，媒體就把轉播權利金省下來。這或許是情有可原的選擇，可是相對來說，美國觀眾看著體育新聞與比賽轉播，享受美好夏日的同時，台灣觀眾每天被奉上的是富二代的吸毒與富二代的選戰，媒體反覆挖掘的不是小朋友的奮鬥故事，而是高階官員洩密與否的各種揣測，還有那對母子到底是偷安全帽還是被汙衊，前後幾天同一份報紙可以不害臊地用兩種互相衝突的聳動標題，峰迴路轉的程度遠勝敗部復活的少棒比賽……。

生活在同一個島嶼裡，卻只有少數的事件，能夠跨越標籤變成大多數人的共同記憶。或許是因為我們成長於一個處境一向艱難的國家，這些共同記憶的事件通常不是天災就是人禍，像是九二一大地震或是八八水災。不過，這些年來，我們都曾經在半夜，吃著泡麵（或是聞著大人的泡麵），熬夜替我們的少棒球員加油。而辛苦肩負國家尊嚴的少棒（超齡明星）隊，也不負期望地拿回過十七次冠軍。仔細想想，關於威廉波特的回憶，或許是這個島嶼唯一令人愉快的共同經驗。

這樣說來，與其被媒體牽著去關注那些狗屁倒灶的事件，我們應該寧願多聽一些比賽的故事吧？

其實，跟美國一樣，台灣現在也有很多家長／義工／教練熱心貢獻少棒運動，只是在那些孩子變成下一個「台灣之光」之前，沒有太多人關心；其實，各種運動都有很多的角落，等待媒體們去挖掘，如果沒有預算關心海外的運動，台灣自己也有很多故事值得留意。

在西方國家，體育新聞永遠是媒體最重要的前三大區塊之一，閱聽人對體育消息的關注，遠超過娛樂或是政治新聞的程度。因為運動不只是運動，人們在這些故事中尋找到生命的力量，共鳴的感動，還有，一個從那些降低全民智商的愚蠢新聞裡，逃脫的地方。

所以，請多給體育報導一些鼓勵與點擊，把那些沒有營養的新聞趕出自己的生活。

聽起來遙遠的威廉波特，在賓州的北邊，距離美東幾個大城市像是紐約、費城、華盛頓D.C.都只有三個多小時的車程，其實是夏季旅遊值得考慮的景點。在球場外面遊客必經的路標上面寫著高雄距離威廉波特七千九百哩。除了比賽期間有觀戰的樂趣，少棒博物館裡有許多過去中華隊的寶貴記憶，裡面的運動遊樂設施，更讓大人小孩都有參與的樂趣。前面提到的賀喜巧克力樂園（Hershey Park），在威廉波特南方一個半小時處，也是值得一遊的地方。

ICTURE STORY

威廉波特少棒賽

"Perhaps nothing is more America than Little League Baseball!

PRESIDENT GEORGE H.W. BUSH

2 威廉波特少棒賽球場外野草皮區
3 威廉波特少棒博物館中華隊歷史照片
4 威廉波特少棒博物館中華隊簽名球

威廉波特球場的路牌
1 威廉波特少棒博物館牆上的總統獻辭

二手陳偉殷

國民隊的投手羅亞克（Tanner Roark）在二〇一三年登上大聯盟。這一年對他跟球隊來說，都是很大的驚喜。從他開始登板到將滿一年，十八勝八敗，防禦率二．五〇，WHIP（每局被上壘率）是一．〇五，球隊在其他Ace級投手都稍微失靈的情況下，目前還能在國聯東區領先，他的表現功不可沒。

快要二十七歲才到大聯盟投球，可見他不是天才型的球員。事實上，在六年前的選秀會，他到第二十五輪才被德州遊騎兵隊挑中，之前在獨立聯盟初試身手，只投了九點二局就丟了二十五分，被交易到國民隊之後，二〇一一年登上3A的層級，結果戰績是六勝十七敗……。所以說，他目前的表現，真的很令人驚訝。

二〇一三年八月的一個早晨，空蕩蕩的國民隊球場，只有忙著替紅土區灑水的工作人員。羅亞克跟《華盛頓郵報》的記者坐在球員的休息區，一起在iPad上看自己前一場先發的影片，那是跟隔壁鄰居金鶯隊的對決，比賽的結果是他丟五分輸球。

「我通常會試著儘量投快速直球，一個投手不應該把所有的變化球武器一下子都拿出來，尤其是在第一局的時候。」他說。這是羅亞克生涯首度面對金鶯隊，兩者彼此都很陌生。

首位打者馬卡奇斯上場打擊，看到的卻是連續三個變速球，結果打了一個軟弱滾地球出局。他說搭配的捕手覺得馬卡奇斯這個打席的揮棒太積極，不需要給他直球攻擊的機會。接下來的第二棒、第三棒分別是滾地球跟高飛球接殺，很快結束了一局上半的攻勢。「可是投完第一局，我知道今天的狀況不是很好，只能一直提醒自己要儘量保持積極。」「我討厭保送，寧願被安打，全壘打也無所謂。兩壞球沒有好球，或是三壞球一好球的情形，我就是投正中直球去對決，沒有什麼好猜的。」

在這一場比賽，他一共投了六點一局，九十顆球，六十一個好球，二十九個壞球。就這樣，羅亞克跟記者，兩個人一個 iPad，一球一球重頭看起，幾個小時的專訪，做出來的是一份長達兩千個字的跨頁特稿。

陳偉殷跟林書豪應該是最受台灣矚目的運動明星，可是對他們如此深度的運動報導，你很可能看不到，因為，現在又回到幾乎沒有台灣體育記者在美國的黑暗期。

王建民當紅的時候，只有兩家媒體、四名記者跟著他比賽，跟「秩序井然的數十個日本媒體隨隊採訪」有很大的差距。後來或許是時勢所趨，各大媒體突然對這個環節開始注重，到美國來的體育記者一度暴增。有時候早到球場，遇到特別要抓台灣球迷畫面的記者朋友，還要不好意思地提醒說剛才甲報乙報已經拍過我們了，再拍下去明天每家報紙看起來會都一樣。不過這樣的情形當然是件好事，由於記者眾多，大家都需要專題，除了已經上了檯面的大聯盟球員，不少在小聯盟奮戰的球員也雨露均霑，得到曝光的機會。有福的是讀者跟觀眾，因為這些有廣度跟深度的，能夠讓閱聽人獲得獨特知識的新聞，才真正是新聞。

可是去年球季結束後，一切又變了。台灣的媒體在一系列成功與失敗的購併後，全部都變成省錢一族。在二〇一四年，台灣媒體花錢派駐在美國的體育專業記者，人數是：零。

還好有幾位對體育報導有夢想的記者朋友，目前在這裡用其他的模式跟少數的媒體有合作的關係，不然真的什麼都沒有了。專業的文字記者不能到現場，一切用外電綜合報導，跟蹤球員和美國記者的推特跟臉書，定期看看官網與部落格，這些事情，其實不需要記者，每個球迷都可以做。攝影記者就更不用說了，編輯部決定報導的畫面就直接用各大通訊社提供的就好，於是記者被迫離開最需要他們的戰場。問題是，美國媒體不會特別跟拍陳偉殷……。還記得那些跨頁全版的照片，或是隨報附贈的慶功海報嗎？只有台灣自己

陳偉殷樂高公仔

金鶯客場對國民陳偉殷先發

的記者，可以替讀者抓下那些歷史性的美麗畫面。

你看到的陳偉殷，在很多時候，其實只是二手陳偉殷而已。

剛上大聯盟一年的菜鳥羅亞克，能夠有《華盛頓郵報》流通量在美國前五名的報紙，花幾個小時和一大幅版面做專訪，可是因為語言的隔閡，美國記者卻不會刻意跟需要翻譯的亞洲投手做深度的溝通。對你我來說重要一百倍的陳偉殷，再帥再認真、再多勝投，也只能在美國沉默地投一休四。

更可怕的是，其實體育只是一切的縮影，台灣海外特派記者的縮減，已經到了近年最嚴重的地步。駐各大都市的記者數量跟幾年前相比，大概只剩下一半。從前可以一組兩人偕同作戰，即時帶給觀眾讀者第一手消息的菁英尖兵，大半都離開新聞戰場。

因為我們不在乎新聞的品質或記者的專業，所以他們逐漸失去舞台；因為儘管我們嘴巴都說不要，眼球跟手指卻很誠實，王建民跟陳偉殷贏球的照片很帥氣，可是低成本的車禍血腥畫面也有高點閱率，很多預算就可以理所當然的省下來；因為媒體主管可以從數據上輕鬆看穿大家的需求，知道我們都愛關心法拉利姊，這種便宜又大碗的新聞就塞滿大家的餐桌。

如果不同意，那麼，請讓你的電視台／報紙／新聞雜誌知道，我們受夠了。

二〇一五年，在佛羅里達的春訓球場，遇見好多組來自日本的記者。只要有日本球員的地方，就算是二線的替補球員，都可以見到日本記者的身影。而來自台灣的媒體單位，只有由一群女生獨力經營的 Vamos 團隊。
到目前為止，情況，一點都沒有變好。

8 歧視與偏見留下的痕跡

既然運動場是社會的縮影，在生活中充斥的歧視與偏見，也總會出現。

歧視跟偏見經常是一體的兩面，我們因為對其他族群不了解，憑著自以為是的既定概念，以偏概全地輕視，或是欺凌別人。或又因為對其他族群缺乏尊重的態度，我

們不願意花時間深入發掘其他人的文化、信仰，甚或是難處。

不只是種族的差異，人們往往不經意地，把自己熟悉的生活圈建立起一道牢不可破的圍牆，用歧視的態度看待跟不同宗教信仰、性別認同，或是健康狀況的人。如果這個世界上每個人都是這樣的話，那麼，在最後大家都會是彼此歧視的對象。

還好，隨著全球化的腳步，族群藩籬逐漸被打破，我們對別人的了解，也越來越多。社會的演化，正快速進行中。

我們這一代在成長的過程裡，得到很糟的種族教育，大家應該都或多或少有類似的經歷。可是，已經漸漸學會去了解別人的我們，可以昂首告訴下一代，永遠用希望被別人對待的態度去對待別人，這樣，世界就會變好。

我的種族主義教育

姚明的隊友，休士頓火箭隊的老將穆騰博在二〇〇六年球季開始的熱身賽裡面，差點因為跟球迷發生衝突而被禁賽。在對奧蘭多魔術隊的一場熱身賽，他向球場上對他咆哮的球迷比中指回敬。通常這種跟球迷的爭端，聯盟對球員的禁賽跟罰款是免不了的。可是針對這次的事件，聯盟很快做出決定，將肇事的球迷禁止入場一年，也作廢了他的季票，而穆騰博完全沒有受到任何處分。

原因很簡單，肇事球迷對非洲裔的穆騰博大喊的是「猴子」，這種涉及種族歧視的言語攻擊，犯了美國人的大忌。在佛羅里達州當豪宅仲介商的韓澤盧（Hooman Hamzehloui），發現事情不對，先是說不知道自己說的話是種族歧視，後來又表示要捐錢給慈善機構贖罪。不過在他的地址電話都已經出現在網路的情況下，管不住嘴巴所造成的傷害，大概連他自己也很難承擔。

種族歧視，多半來自對另外一個種族的無知，無知使得人們必須用一個膚淺的偏見去套用在一個種族身上。無知有時來自整個國家或是地區的教育程度低落，像是在一些相對落後的前東歐國家，有時卻是由教育造成的，像是二次世界大戰前納粹德國的亞利安人種論。

那麼，你是一個種族主義者嗎？

這樣說好了，膚淺的偏見包括「中南美洲來的棒球員行為通常不檢點」、「原住民球員就是愛喝酒」、「外籍新娘的小孩容易有學習障礙」、「只要有很多黑人的地方都很可怕」……。而就算是同樣漢族人，評論外省人、客家人、台灣人或是大陸人，「都」怎麼樣的判斷，也是形式之一。而以上這些關於種族的偏見，不管是來自無知或是教育，經常都可以在大眾或小眾媒體上見到。

我不知道別人的情形，但我知道我自己受到很糟糕的種族教育。我的老師說黑人頭腦簡單四肢發達看運動員就知道，我的同學說「歐郎苔溝，棒賽歐歐」。我常常會想到十年前我剛到美國的第一天，到購物中心去買日常用品的一幕。那時候，我把放滿貨品的購物車放在停車場，一個非洲裔的路人突然伸手要拿購物車的握把，把我嚇了一跳，趕快把購物車搶了回來。過了很久以後我才知道，原來他只是要幫忙扶著購物車，免得它向前滑動。也過了很久我才知道，原來非洲裔的美國人，並不是每個都打算要偷我的購物車，就跟我沒有打算要偷別人的購物車一模一樣。

我在這些年當中，很慚愧地學會，每個人都是不同的，而用任何一個對群體的偏見去概論別人，都是愚蠢至極的行為。

當我真正認識以往被我偏見所概括的個人之後，我才知道偏見的可怕。就像是那個後悔莫及的地產仲介，如果他了解穆騰博這些年當中對世界的貢獻，像是獨立捐獻五億台幣在剛果蓋醫院，就應該知道，其實自己在球場邊跳來跳去對球員大吼大叫的舉動，比較像猴子。

犯錯的地產經紀人韓澤盧，事件發生後受不了各方的指責跟死亡威脅，得了嚴重的憂鬱症，差點自殺。為了克服病症，他辭掉自己的工作，在休息了一陣後，成為成功的生涯講師，還出了一本叫做《穆騰博與我》的書，教人追尋自己的夢想，還有分享他克服重度憂鬱的經驗。他把這本書收入的兩成捐給穆騰博的慈善基金會，人生的轉折，有時真是令人意想不到！

粉紅色的力量

二〇一一年五月，NBA季後賽正是緊鑼密鼓的階段，不過湖人隊明星後衛布萊恩惹的麻煩還是餘波盪漾。四月十二日對馬刺隊的比賽，布萊恩因為不滿裁判給他的技術犯規判決，在攝影機前面罵了一句「該死的同性戀」。針對這個在激戰之下的熱血插曲，聯盟立刻對他罰款十萬美金，他也被迫發表了道歉聲明，可是布萊恩還是變成同志圈的公敵。湖人隊當然希望整件事情可以盡快淡化過去，不過球隊處在風氣開放的洛杉磯，這個事件對他們的行銷跟公關來說，都是一個可怕的噩夢。先前布萊恩在涉及性侵案之後，送給老婆的道歉戒指價值四百萬美金。失言事件迄今，他還在對聯盟的十萬美金罰款上訴，道歉的誠意看起來頗為有限。

一個在臉書上面的同志朋友，針對以上的事件，貼了一個有趣的故事：

在巴西，一般人最先想到的就是他們在世界盃足球賽的森巴勁旅。事實上，他們在排球場上，更是霸占了男女世界排名第一的頭銜。排球在巴西是非常受到歡迎的運動，國內聯賽的競爭十分激烈，球迷瘋狂的程度就跟我們熟知的其他職業運動沒有兩樣。在一場四月初的全國超級盃賽，佛托羅隊對上了聯賽冠軍克魯塞羅隊。佛托羅隊上有名叫麥克・桑托斯的球員，他的身材修長，脣紅齒白，儘管在球場上威力十足，他的動作看起來還是頗女性化。克魯塞羅隊是支傳統勁旅，深受球迷支持，他們的球迷在這場重要的準決賽裡，不斷在桑托斯身後大喊「Bicha! Bicha!」，也就是同性戀的意思。

桑托斯在賽後表示，這些球迷的謾罵，的確在他心中造成很大的震撼，他想過是不是應該要跟球迷對罵，可是最後還是選擇假裝沒聽到。他很害怕這樣的情形會一再重演，但他什麼辦法也沒有。後來，聯盟對克魯塞羅隊施以罰款處分，可是最終的正義卻不僅於此。

一個星期後，也就是第二場的準決賽，桑托斯在佛托羅隊的隊友，穿上粉紅色的球衣熱身，表示對他的支持。比賽當中佛托羅隊的自由攻擊手穿上了彩虹色的戰袍，球場當中也出現大幅海報，表達反對歧視跟反對恐懼的訴求。而更神奇的部分，是許多球迷拿著粉紅色的加油棒，整個球場成了粉紅色的世界。

最後，佛托羅隊贏了那場比賽。而他們的球員跟球迷以格調面對無知與偏見，贏的，當然不只是比數而已。

不罕見的妥瑞氏症

幾年前在猴硐旅行的時候，看到出外景的女明星邵庭，在鏡頭之外的漂亮臉龐，妥瑞氏症的情況令人心疼地明顯。或許是台灣對這個疾病不熟悉的緣故，一直到她勇敢向大眾解釋自己的症狀以前，不但沒有媒體討論她的情況，大部分的人應該連妥瑞氏症是什麼，都沒有清楚的概念。

許多媒體的標題用罕見疾病來稱呼妥瑞氏症，我想，對許多疾病（尤其是遺傳性疾病）充滿隱晦態度的亞洲社會，不管多麼常見的病症，都因為乏人談論而罕見。事實上，在兒童階段，妥瑞氏症有三百分之一左右的機率會發生，到了成人時期，在美國估計有至少二十萬人（千分之一）受到嚴重妥瑞氏症的影響，有中度或輕度影響的人當然更高，而這個數字還有逐年上升的跡象。依據衛生署罕見疾病及藥物審議委員會的公告，台灣罕見疾病的標準，是以萬分之一以下年盛行率作為上限，所以，妥瑞氏症並不罕見，只是欠缺了解而已。

得到妥瑞氏症的名人不少，像是電影《神鬼玩家》裡李奧納多扮演的大亨霍華·休斯（Howard Hughes），是著名的創業家／工程師／巨富／情場浪子，他曾經是美國最有錢的人之一，當然也是最有錢的妥瑞氏症患者；有醫學期刊根據書信來推論，認為音樂家莫札特亦是妥瑞氏症的病友，不過這個病症在莫札特身故後超過一個世紀才被定名，當然沒有辦法在他身上獲得完全的考證;在運動場上,大聯盟馳騁十五年的外野手艾森雷克(Jim Eisenreich)是知名的病友,他退休之後,投身於妥瑞氏症的公益機構,去幫助受到影響的兒童。

許多人對這些有時不能控制自己行動跟語言的患者帶著諸多誤解,事實上,妥瑞氏症對患者的健康跟智商毫無影響。

而根據一些神經醫學的研究,還有來自患者自身的說法,對運動員來說,這個病症可能是很大的優勢。持有這個看法的,包括在雪梨奧運拿下游泳金牌的厄文(Anthony Ervin),他認為妥瑞氏症對神經反應系統過度刺激的結果,讓他比其他競爭對手更能夠把緊張的情緒轉化成力量,三十三歲的他,到現在還是美國五十公尺競速的冠軍。

更有名的現役妥瑞氏症運動員,剛在二〇一四年世界盃足球賽創下單屆十六次救球的紀錄,是賽事當中最受矚目的門神,美國隊的三十五歲老將霍華德(Tim Howard)。他從十歲起就跟妥瑞氏症奮戰,也幾乎是同時,發現自己比同齡的競爭對手在做一些特定動作的時候,有快很多的反應。不管是心理作用或真有其事,嚴重的妥瑞氏症雖然讓霍華德的成長過程、甚至是後來的職業生涯,經常得到無情的訕笑,卻沒有影響他在足球場上的偉大成就。

妥瑞氏症不罕見,在我們的身邊,甚或是自己的身上多留心,或許就能夠發現。雖說是一種令人困擾的遺傳性疾病,沒有人有權利去嘲笑辛苦的患者,這些人可能游得比一般人快、跳得比一般人高、更有發明創新的能力、更有音樂的天才。更有可能的是,這些人，跟所有人沒什麼兩樣。

我想，有些人從小就遇見自己的疾病，有些人後來才遇見，這些疾病可能是身體的，也可能是心理的，而每個人遲早都得跟自己的疾病共處。學會對別人疾病的平等理解，也是福報。

一 歧視與偏見留下的痕跡 紐奧良法國區

過動的奇蹟

過動症（ＡＤＨＤ），是最困擾學齡兒童家長的精神症狀。缺乏專注力，不能控制自己的慾望，這些有著過動情況的小孩在課堂中面臨很大的挑戰。畢竟在教室的學習過程裡，老師通常要大家乖乖坐好聽講。

根據北美地區的數據，百分之二的孩童在四歲以前就有過動的癥候，五歲到十一歲的學齡兒童有百分之六的患者，而在十二歲到十七歲的青少年之間，這個數字甚至超過百分之十。換句話說，在一個有二十五個小孩的教室裡，至少會有兩三個孩子受到過動症的困擾。

就和其他的精神疾病一樣，亞洲社會的文化通常很忌諱對病症深入的討論，甚至寧願忽視它的存在。對於小孩的過動，家長最典型的反應自然是嚴厲斥責。不過那當然沒有什麼實質的效果，反而會影響孩子的自信心跟人際關係，對未來的發展會造成更大的傷害。

一些研究指出，過動兒除了學習的障礙，情緒能力的發展也會受到影響，影響的程度甚至可以高達百分之三十。著名過動症專家巴克利（Russell Barkley）指出，十歲的過動孩童通常只有七歲的情緒能力，而十六歲的青少年患者可能只有十一歲的判斷力。

難怪在北京奧運當中，菲爾普斯的母親看著他創下個人金牌的紀錄，流淚不能自已。菲爾普斯是典型的過動症患者，而不僅是在學習障礙上受到困擾，他臉長手長的奇特長相，加上上課不能專心，使得他成為同學霸凌的對象。他在成長期因為要逃避父母親的持續爭執，所以遁入水中，沒想到的是這些原本想必應該帶來人生逆境的因子，竟然造就了運動史上的奇蹟。他異於常人的長臂變成加速的利器，而過動的情況在需要爆發力的短程競賽，也變成有利的條件。

除了菲爾普斯之外，曾經保持百公尺短跑紀錄多年的名將蓋特林，也曾經是過動兒。美式足球名將，在七〇年代打進超級盃四次的布萊德蕭（Terry Bradshaw）、快艇隊中鋒卡曼（Chris Kaman），還有美國職棒生涯安打紀錄保持人彼得．羅斯，這些在各項職業運動的佼佼者，都不只是在學齡期間有過動的症狀，他們的病症一直延續到成年時期。許多批評者甚至懷疑彼德．羅斯後來的賭癮，以及被逐出棒壇的下場，跟他的ＡＤＨＤ有直接的關連。而百分之百是美國人的卡曼，在北京奧運竟然甘冒叛國的罪名，答應披上德國代表隊球衣出賽，也說不定是過動神經的騷動。

也就和其他的精神疾病一樣，除了患者本身，身邊的親朋好友，更是需要做好心情的調適。

在一篇談論過動症狀的文章裡面，這段話讓我覺得感觸良多：如果孩子天生有視覺的障礙，家長不會叫他們使盡力氣去看，因為那不能解決問題。那麼為什麼對過動的孩子，家長會要他們努力坐好呢？過動兒在成長過程當中，已經有很多的障礙要去面對，他們最不需要的，其實就是家長的過度斥責。

我們都是崔馮・馬丁

如果標題可以很長，會是這樣的：「我們都是崔馮・馬丁／我們都是齊默曼」。在照片裡，邁阿密熱火隊的球員個個低著頭，他們的面孔被拉下的帽T遮掩著，幾乎無法辨認，可是照片傳達的憤怒跟哀傷卻十分清晰。「我們都是崔馮・馬丁」，明星球員詹姆士大帝在推特上，用照片加上主題標籤，悼念在奧蘭多近郊被槍殺的十七歲青年。

故事，簡單地說來是這樣的，一個西班牙裔／白種的居民巡守隊員齊默曼，在巡邏的過程中，誤認非裔青年馬丁是罪犯，跟蹤了一會兒之後，拔槍射殺了他。齊默曼最初的供詞指出，馬丁向他攻擊在先，他只是正當防衛而已，也因此檢方將他釋放，獲不起訴的處分。

可是在更多的細節被挖掘出來後，美國社會開始對這個事件開始感到憤怒。馬丁當天身上只有一包彩虹水果糖，沒有任何武器；齊默曼在跟蹤馬丁之前報案的電話，說看到一個鬼鬼祟祟的黑人，警方請他不要擅自行動，讓警察來處理，他卻不顧勸告釀成憾事；馬丁當天身上的穿著，就是熱火隊照片上類似的帽T，而對習慣用刻板族群眼光來看世界的人來說，非洲裔美國人穿上帽T，可能就是幫派分子。

所以事件很快地像滾雪球一樣吸引了美國民眾的注意，歐巴馬總統也沉痛表示，如果他有一個兒子，他就會長得跟崔馮・馬丁一樣。假若一個孩子走到雜貨店，因為社會的偏見而無辜送命，凶手卻馬上獲釋，社會給公民的基本保障就蕩然無存。於是，不分族裔，許多積極的公民運動開始展開，首要的當然是要求檢方立即起訴齊默曼，更深的訴求是要社會重視種族間因刻板印象造成的偏見。那段期間在台灣頻繁見到的社會總動員是文林苑王家事件，在美國，就是馬丁案。

頻繁的社會運動，在網路的動員下讓人目不暇給，支持的人叫它公民運動，懷疑的人叫它正義暴力，或是廉價正義。強迫二分的議題一個接著一個，選邊選錯的結果，就是臉書的朋友少了好幾個。拋開議題的本身不談，整個社會運動的新風潮，根源是對社會權力者的不信任——政府、法院、立法單位、警察，儘管它們是因多數決直接或間接產生的權力，大家說不信就不信。

在崔凡・馬丁的案子身上，這種正義的弔詭卻顯得諷刺：齊默曼也是因為對權力的不信任，才去當義工，合法地拿著槍上街，自己來保護自己的家園。他對馬丁扣下扳機的那一刻，顯然是過度衍生了自己相信的正義，可是，當別人對他在馬丁身上加諸的過度正義作出正義的譴責，不管是按下讚，或是像尼克隊球迷導演史派克・李把齊默曼的住家資訊公開（結果是錯的），誰又能夠來斷論，這些新的正義，不會再過度而變成暴力呢？

天生好手還是種族偏見

在美式職業足球隊裡，華盛頓的紅人隊，因為它的名字，這幾年爭議一直不斷。Redskins在中文沒有適合的翻譯，一般就是直譯成紅人，可是在英文裡，那是對美國原住民印地安人頗為不敬的用法。王建民二〇一四年效力的美國職棒辛辛那提紅人隊，雖然中文翻譯看起來一樣，原本的隊名Reds卻沒有問題；另一支跟印地安人有關係的隊名當然是克利夫蘭的職棒印地安人隊，可是隊名Indians也沒有冒犯的地方。

再詳細地解釋，把印地安人稱作Redskin，在程度上來說，應該像是用Chinaman（中國佬）來稱呼中國人，雖然不到Chink（中國鬼）的程度，卻不是正常的英文用法Chinese。這支球隊剛好在政治敏感度最高的首都，這個半挑釁的隊名存在了八十幾年，最近幾個球季要求它改名的聲浪越來越高，看起來換掉名稱是遲早會發生的事情。球隊的老闆丹·史奈德一向以唯利是圖聞名，很多人相信，他目前堅持留下這個隊名，只是在等待更好的改名時機而已。

這一切看起來是很簡單的事情，一個政治不正確的隊名，改掉就好了，普遍的民意應該是絕對支持的，但現實卻不是如此，大部分的紅人隊球迷都不希望換掉這個有歷史的隊名，我的朋友珊卓就是其中之一，她有華盛頓紅人隊的季票，一個球季要花十幾萬台幣去看那八場比賽。

她是血統純正的印地安人。

事實上，珊卓不是唯一不在乎隊名政治正確的印地安人，在球隊之前的非正式抽訪裡，有高達百分之九十的印地安人可以接受這個具爭議性的隊名。在種族歧視上的政治正確一向不是簡單的事情，就在這個星期，美國最高法院決議支持密西根州在公立學校停止「平權法案」（affirmative action），原因之一是幾位大法官認為對於任何種族的差別待遇，就是歧視。

平權法案是什麼呢？簡單地說，就是提供保障名額，讓少數族裔的學生可以用比較差的成績，進入理想的學校，受益者多數是非裔或西班牙裔的學生。平權法案的終止，會大幅減少這些學生進入該地名校的機會。

如果說平權法案是歧視，受益的學生跟家長應該會有很多人不在乎被歧視吧。所以說，種族歧視上的政治正確，並不是非黑即白，是非分明的。

在台灣，除了原住民之外，近年來外籍配偶與新移民的加入，使得社會的種族差異更加多元。不過，人們對少數族裔的尊重，卻還有很大的進步空間。我經常注意到的，是對少數族裔的刻板化，甚或偏見。對於外籍配偶、陸配、外勞等新住民，充滿歧視的用語跟政策充斥著社會，已經有許多的研究跟討論。而對於原住民的平權活動，歷經了十幾年，還是留下不少昔日漢族沙文的餘毒，像是幾年前馬總統把原住民「當人看」的言論，就是令人難過的案例。

而更常見的，是揮之不去的刻板印象，「原住民就是愛喝酒」、「原住民運動特別強」……。

沒錯，不僅僅是負面像是「愛喝酒」的刻板印象可以是歧視，看起來正面的印象也可能傷害族裔間的尊重。

這樣說好了，在美國的職業運動場上，現在除了鮮少亞裔之外，猶太裔的運動員也跟人口不成比例。一般人會直覺地用刻板印象去解釋，這兩個族裔以數學能力佳聞名，頭腦發達，四肢簡單，不擅長運動，相對的非裔人口運動細胞特別好，所以運動場多半是他們的天下。

這並不是真的。

猶太裔在美國，曾經是運動場上最風光的族群。在二次世界大戰之前，美國大學籃壇最好的球員很多都是猶太裔，耶魯大學曾經有一段時間限制猶太裔學生的入學，在長春籐籃球錦標賽立刻變成最後一名。猶太裔球員在籃球界的風光地位，讓當時有人戲稱籃球是「猶太球」，NBA史上第一個得分的球員，當然也是猶太裔。

美式足球、拳擊、各項運動都是猶太裔的舞台，棒球場也不例外。許多猶太裔的球星是明星賽等級的球員，最有名的是棒球史上最佳的左投手，柯法克斯（Sandy Koufax），他為人所樂道的故事之一，就是拒絕在一九六五年的總冠軍賽第一戰上場，因為那天是猶太教的贖罪日，是一年中最神聖的一天，教徒需要整日禁食和禱告。

猶太裔曾經在運動場上大放異彩，如果在當時要用刻板印象來解釋這個情形，是不是只能說猶太裔的運動細胞特別好，然後，突然有一天，這些細胞都不見？

並不是這樣的，運動，是當年社經地位還在下層的猶太裔改變生活的捷徑，家長會鼓勵自己的孩子努力練習，經過一萬個小時之後，這些孩子變成好的運動員。這個現象在猶太裔的財富跟地位大幅改善之後逐漸消失，從半世紀前開始，運動場上的猶太裔幾乎全部不見了。

一直到最近幾年，來自歐洲的新猶太移民，還有猶太裔越來越被包容的跨裔通婚，漸漸把這個族群帶回美國的職業球場上。

同樣的，亞裔也有無數個林書豪，只是沒有機會完成那重要的一萬個小時練習，或是經過不少的努力卻仍然被埋沒。社會對族群的刻板印象與歧視，對林書豪的籃球生涯造成莫大的傷害，我們都已經從他的口中聽過那些故事。這種歧視的傷害是雙面的，當我們保留原住民最適合運動的偏見，扼殺的或許是一個原住民醫生、音樂家、廚師、企業家的未來。

偏見跟刻板印象無所不在，影響的不只是別的族裔，也包括自己。當然，等到有一天外星人來，我們不分男女，宗教，種族，階級，黨派，大家一起被當成雞吃掉的時候，一切就都沒有差別了（也說不定等到那天來臨的時候，我需要因為這段結尾，對個性善良的外星人因為偏見造成的傷害道歉）。這個藍色星球的人口越來越多，不同族群的生活越來越多交集，緊閉的心胸，讓彼此的世界越來越遠，也讓自己的空間越變越小。

柯文哲，台灣社會，與歧視的紅線

有一天，老爸問起威廉波特少棒的事情，在聊天中，他隨口提了一句：「這個運動還是沒有女生參加吧？棒球不適合女生。」那時候，他還沒有聽說少女強投莫內·戴維斯（Mo'ne Davis）的故事。

幾乎在下一秒鐘，坐在車後面的九年級女兒立刻抗議。她用禮貌的語氣，很堅定地說：

「阿公，你不應該這樣講。」

這些年被女兒教育的結果，在她開口前，其實我已經預期到她的反應。對在城市裡成長的下一個自由派世代來說，認為人因為性別而被限定適合做或是不適合做哪些事情，就是性別歧視。我跟老爸解釋了她的感受，也告訴他前些日子樂高玩具因為一個七歲小女生的問題「為什麼男生在積木裡都有工作，而女生玩偶都只能在家裡或是去購物呢？」，而推出女科學家積木組的故事。

樂高從善如流的積極回應很令人高興，可是，為什麼連有八十幾年歷史的優良玩具廠也會踩到性別主義的紅線呢？我的父親向來開明進步，為什麼連他都會被孫女認為有性別歧視的想法呢？

因為各種歧視的紅線，一直在向前移動。這條界線或許會因為地域、文化、經濟等各種因素而不同，不變的是，它會隨著時間，持續往未來的方向前進。

我在女兒身上學到，說任何一個人太胖太瘦，甚至對電視上的明星開口批評，都是體重的歧視，因為這件事情我經常被她瞪，花了好幾個月才改掉；一些從前可以隨便對族裔開的玩笑，三不五時在家裡被指正的結果，是現在連聽到也覺得渾身不自在；她跟媽媽經常去食物銀行（soup kitchen）當義工，認識許多貧困家庭的難處，結果現在我知道對街上的流浪者不該無謂存在懼意，否則就是階級主義的歧視……。現實生活中，歧視的紅線，處處皆是。

對於歧視的態度，我們如果一直保持在原地不進步，很快就會被紅線超越，變成一個歧視的人。

需要一直進步的過程，很難，但是很有趣。

我看著台北市長選舉的肥皂劇，扯到柯文哲的性別歧視，只是覺得啼笑皆非。維護他的人盡力替他辯解，說那些言論並非歧視；而指責他的人，很多都曾經有對同性戀、弱勢階層、精神疾病或是外籍勞工嚴重歧視的言行，可怕的記錄數都數不清，更沒有什麼偉大的資格好數落別人。沒錯，柯文哲在公開場合失言、說漂亮的女生應該去站櫃檯、或是在書上寫「一個女性太多的職場，就代表這個行業要沒落了」，從當下的標準看，就是性別歧視的言行。顯然，長期身處白色巨塔的他，在性別正義的認知上，跟整個社會已經有一段差距。可是站在虛偽的高度替他貼上標籤，只是選戰的醜陋情節而已。

事實上，從西方文化的角度觀察，台灣社會整體來說，對許多族群的歧視都還是在待改善的階段。在「獨立評論」讀到從紐約搬回台灣定居的劉美妤小姐，看見大剌剌歧視女性的台北捷運車廂廣告，讓她感到陌生與不適。她在〈二次文化衝擊〉一文是這樣說的：「商人偷渡『女性理當比較不懂運動』的歧視……這則瞎到不行的廣告要是在紐約地鐵出現，大概會被性別團體嚴重抗議，這家企業則會被悍女們集體抵制。」我想，住在海外的台灣人回到台灣的時候，可能都有類似的感受。當然，歐美國家不斷發生的種族衝突，也顯示他們自己仍有其他待解決的歧視問題。

一直到現在，台灣還有公立醫院設置「外勞專用廁所」，教科書刻畫的家庭還經常是父系社會的模組；封建社會的男主外女主內／男尊女卑的內容，還凝固在文言文的課本裡面；各式人物不能分辨公私場合，自以為幽默，隨時隨地開黃腔；在日常生活裡，對原住民跟新移民的歧視無所不在，對男女之間的角色觀念，依舊留在上古時代，對旁人身材跟外表的批評，大家更是肆無忌憚，甚至連辛苦奪金的舉重女將都不放過。事實是，我們的整個社會，跟你我每一個人，在反歧視的課題上，都有很多進步的空間。光是指責他人，卻忽略自己本身的問題，對社會一點幫助也沒有。柯文哲在問題爆發之後，請專攻性別議題的學者給自己上課，就是很正面的態度。當然，如果那是真心去改善，而不只是為了選舉而已。

需要一直進步的過程，很難，但是很有趣，比逃避有趣很多。如果我們都能撫心自問，用自己希望被對待的態度來對待任何一個人，就是停止歧視的開始。

再講回運動場上好了。

麥可・凱瑞（Mike Carey）是美式足球聯盟最資深、也是最受好評的裁判之一。他在退休之後透露，從七年前開始，自己就拒絕在華盛頓紅人隊（Redskins）的比賽執法，因為這支球隊的隊名污辱印地安原住民。身為非裔美國人的他，切身感受印地安裔受到的歧視待遇。在接受媒體訪問的時候，對紅人隊老闆堅拒改名的態度，說了很動人的這段話：

「我想，在某些人身上，演化，就是比較慢。」

是啊，其實靜下心想一想，大家都知道下一代的未來社會即將走到什麼地方，可是努力抗拒進步的人總是擋在路上，幻想可以阻擋歷史的前進。不管怎樣，時間跟演化遲早會發生，抗拒進步的人，跟恐龍一樣，遲早會因為落後而絕跡。

說美麗的話

奧斯卡典禮結束的隔天，我在女兒的推特上看到她轉推的一則貼文，上面寫著：「六千七百八十三，是昨天晚上『令人作嘔』這個詞，在頒獎典禮的三個小時內，被人貼在網上的次數。」

這個貼文來自護理品牌多芬的官網，是「說美麗的話」（#SpeakBeautiful）行銷活動的一部分。她們運用即時傾聽軟體，觀察網路上被鄉民廣泛使用的關鍵字。令人難過地，其實「令人作嘔」只是典禮過程裡排名第四的負面關鍵字，「厭惡」、「醜」、「可怕」等字，出現的頻率更是超過十倍。不少在鍵盤後面的俊男美女們，看到姿色遠遠不及自己的好萊塢明星們，顯然很會妥善運用網路匿名的隱蔽性，積極放射出負面的批評。

社群網站占據大部分用戶的上網時間，是這一兩年發生的快速轉變，網路行銷跟企業聲譽管理的「即時性」因此變得十分重要。廠商用各式傾聽軟體，在雲端上監控網路海洋的關鍵活動，這些工具除提供即時資料的截取與分析，還有直接參與傾聽對象對話的功能。而傾聽工具配合大數據（Big Data）運用更是威力十足，像多芬統計二〇一四年在網路上對女性的惡意文字攻擊，發現竟然光在推特上，就有幾百萬次，因此在奧斯卡的時段推動「說美麗的話」活動，希望人們在下筆之前，想想可能對別人造成的傷害。

類似的行銷活動，在美式足球超級盃也出現過。寶僑集團的衛生棉廠牌花近三億台幣的六十秒廣告，讓幾個小女生告訴大家，被別人說運動時「像個女生」（#LikeAGirl）其實是很傷人的性別歧視，甚至是女性成長過程中放棄運動的主因，結果成為二〇一五年超級盃最受關注的廣告，不但立即被幾十萬人分享，在社群網站上更獲得超過八成的讚賞評價。

不管是護理品牌，或是衛生棉廠商，她們都希望在行銷商品之外，讓人們能夠藉由這些廣告，有機會重新思考負面言語的影響。

你知道嗎？這是一個最壞的時代，網路把我們每個人的黑暗面全都帶進世界：在過去的幾年裡，我們一定說了很多不會在別人面前說的話，做了很多不會在別人面前做的事；從運動球隊、影視明星，到政治人物，大家彷彿有吵不完的架，有用不完的惡毒言語。從前暗地寄個黑函要花幾天用雜誌剪貼，免得被人認出字跡，現在只需要幾分鐘的時間，我們的生活因此變得完全不同了。

然而，這也可能會是一個最好的時代。因為新的科技，人們即將漸漸學會，沒有一個人能夠真正匿名，也沒有一種傷害不是真的。我們會愈來愈知道，每一次的惡意批評，不但會在別人的生命裡造成傷痕，也讓自己永遠背負黑暗的印記；我們更有機會聽見，一些我們以為沒有惡意的話語，其實會造成嚴重的傷害，尤其是對種族、性別、性傾向、宗教、外貌，或是階級的歧視言論。

知道這些事情之後，接下來就要看我們自己了。或許，從現在開始，大家可以試著「說美麗的話」，我們的世界，就會慢慢變得美麗起來。

即時傾聽軟體（Listening Tool）實際的操作，程序會是這樣的：首先，行銷部門依照分析的資料與市場的定位，設定搜尋的關鍵字，然後運用傾聽軟體監試關鍵字的出現，當有影響力、跟隨者眾多的用戶在社群網站提到這些字的時候，馬上加入討論。
舉例來說，賣巧克力的廠商，可以把「失眠」當作關鍵字之一，然後展開以下的互動：
有百萬宅男追隨的正妹貼文：
「昨天晚上失眠，黑眼圈又要見人了。」
（附上的當然是一張身材若隱若現的嘟嘴照片，完美的妝根本看不到黑眼圈，可是宅男們還是心疼不已）
即時搜尋到這個貼文的廠商立刻回覆：
「失眠好可憐，晚上睡前喝一杯 ABC 巧克力，不但讓妳好睡，連夢也會是甜的喔。」
（附上一杯熱巧克力的照片）
（然後私訊正妹提供一箱巧克力試喝）
這樣行銷的成本不高，又能快速傳遞到廣大潛在用戶的面前，是過去媒體做不到的事情。

9 職業運動裡的統計課

洋基隊退休多年的明星球員約吉．貝拉曾經說：「棒球有百分之九十是靠心理，另外一半是靠體能。」他又說：「我一天午睡兩個小時，從下午一點睡到四點。」由此可見，在球場叱吒風雲的球員，不見得需要有當統計學家的頭腦。不過話說回來，除了棒球之外，也沒有另外一種職業運動，跟統計學的關係這麼密切。不只是棒球，從各種職業的數據，我們還可以窺見人生許多有趣的道理。

我曾經看過這樣一個簡單的計算：

在棒球場上，打擊率能夠達到三成的球員，算是非常好的

打者，而一般平均的球員，打擊率大概是兩成五左右。

三成跟兩成五的差距有多大呢？很大。從球員的生涯來說，如果能長期保持三成的打擊率，通常會是聯盟的明星球員，非常受教練的倚重，球隊也不會吝於簽下高薪的長期合約。而打擊率兩成五的球員，除非有高人一等的守備或是長打能力，職業生涯只會是平凡的雞肋。

然而，從數字上來看，明星跟雞肋，其實沒有很大的距離。

職業棒球的球季是二十六個星期，球員平均大約有六百次上場打擊的機會，打擊率三成的明星打者，在球季裡打出的安打是一百八十支左右；而打擊率兩成五的雞肋球員，安打概算是一百五十支。兩者之間，僅有三十支安打的差距，換句話說，只要能夠在每個星期的六場比賽裡，比平凡的雞肋球員多打出一點二支安打，就會是明星打者。

這樣說來，人們怎麼能夠在把球打擊出去之後，不埋著頭拚命向前跑呢？如果能夠因為不放棄，就能夠在每個星期多跑出一支內野安打，進而變成人生的明星，當然應該要全力衝刺了。

後來我在生活裡遇到困難，都會想起這段計算，其實，沒什麼好想的，就努力向前跑吧。

下面的故事，是從數字與統計的角度，藉著運動，側看人生與社會的幾件事。

三年一輪，好壞照輪

我常覺得自己可以從棒球場上學會關於人生的一些事情。

在華盛頓國民隊，有一個老投手，叫做李凡·赫南德茲。他在官方的紀錄上，二〇一〇年剛滿三十五歲。可是不管怎麼看，他都是一個四十多歲的老傢伙。少報年齡的情況在中南美洲球員身上屢見不鮮，李凡是從古巴投誠的選手，生日當然僅供參考。

李凡在這年球季開賽之初，先發五場贏了四場球，防禦率竟然不到一。那個十幾年前初出茅廬，就拿下世界大賽最有價值球員的身手彷彿又回來了。他的慢速曲球、慢速滑球跟超慢速直球，打者怎麼打都打不到對的地方。所謂家有一老，如有一寶，國民隊還把大他十歲的胞兄公爵先生也簽下，從古巴離開之後，加起來大概超過一百歲的兄弟倆，首度在同一支球隊歡慶團圓。

如果整個球季他都能這樣投下去，贏個二十幾場球應該沒有什麼問題。唯一的問題是，大家都知道，李老先生不可能整季都持續這樣的表現。

在費城人隊，有一個年輕左投手，叫做漢默。二〇〇九年球季雖然只拿下十勝，卻是帶著費城人打進世界大賽的功臣。球季後他簽下三年的高薪合約，證明了球團對他的高度肯定。二〇一〇年球季，他的直球均速增加了兩哩，對左投來說那算是大幅升級，加上新練成的卡特球，費城人隊當然很期待他的表現。可是在球季的一開始，也就是李凡有如神助的那段期間，漢默僅拿下兩勝，防禦率還超過五。

如果整個球季他都這樣投下去，輸個二十幾場球可能很難免。還好，大家都知道，漢默不可能整季都持續這樣的表現。

當然，對於這些大家都知道的事情，棒球統計學家還是創造了一個指標（還好有這些數字，讓我們這些宅男偶爾離開電腦桌到棒球場的時候，還能夠覺得自己很聰明）——ＢＡＢＩＰ，就是「投手被擊出球的打擊率」，有人稱它為運氣值。ＢＡＢＩＰ越高，代表被擊出的球變成安打的機率越高，也就是運氣越不好。在這個量表上，李凡有著超級低的分數，而漢默卻剛好相反。也就是說，平平是被打擊出去的球，打者遇到李凡，球就飛往野手的手套，卻總是能夠把漢默的球打到沒有人守備的空檔。換句話說，李凡是一個非常幸運的投手，而漢默卻是一個倒楣鬼。

通常來說，大聯盟投手被擊出的球，有三成的機率會形成安打，球季初的時候李凡被擊出的球只有一成八的安打率，漢默幾乎是他的兩倍。有趣的事情來了，在大數法則之下，（簡單地說）投手的運氣值都終究會向平均數靠攏。也就是說，球季繼續下去之後，很多李凡被打出的球將會穿越野手的防區變成安打，而漢默的守備群終於可以替他多接下一些球。

回到我們的人生，其實這就是常聽到的「三年一輪，好壞照輪」。雖然在我們的生命當中，沒有人幫忙統計我們的ＢＡＢＩＰ，可是關於運氣的輪迴，道理還是一樣的。沒有人會一直受運氣之神的照顧，也沒有人會永遠被遺忘。我們唯一能做的，就是不要隨便放棄做事的初衷，一球一球投下去，而遲早有一天，運氣的輪迴會來到自己的身上。真的。

看球賽的時候，有時投手被擊出的高飛球，就算強勁，還是直直飛進防守球員的手套，相反地，也有軟弱的飛球，像是長了眼一樣，落在沒有人防守的地方變成安打。以往人們會以為那是投手壓制能力不同的關係，可是經過現代統計學的檢視，已經證明投手其實對飛球的走向沒有什麼影響力，換句話說，那都是運氣而已。

樂透彩榨汁機

對運動賭迷來說，正確猜中每一場比賽在讓分之後的結果，常常比球賽的勝負本身更重要。從二〇〇八年五月運動彩券上路開始，許多台灣民眾就可以合法地體會這種令人血脈僨張的觀戰方式——贏球不算是贏球，要贏夠多分才算贏。職業運動的球季不再只是運動員的球季，也是彩迷的球季。洋基隊有洋基的勝率，每個彩迷也都有自己的勝率，球季結束以後，看看荷包是肥了還是瘦了，這比王建民到底是賺幾百萬美元實際許多。

不過，在台灣玩運動彩，要有其實是捐錢買飛彈快艇獻給總統的心理準備。這樣說好了，運彩開始的前一年，大聯盟職棒最好的戰績，是紅襪隊跟印地安人隊的五成九勝率。如果有個彩迷在球季當中跟他們一樣勝多敗少，算是挺料事如神的，一整年下來，他大概能夠……只輸百分之六的投注金而已。這個數字，還是稅前的數字，稅後還要多賠一倍。

台灣運彩法定的平均賠率上限，是七成五。另外的一成五是銀行的收入，還有一成屬於大有為的政府。這樣算來，加上所得稅的支出，如果說彩迷沒有辦法猜中七成比賽的結果，長期下來就是輸家。而七成有多難呢？富邦銀行的楊瑞東先生，也就是運彩的推手在訪問中說：「國外的經驗顯示，運彩分析師要能講中六成就算厲害了。」換句話說，如果你天天玩，而且是為了贏錢而玩，不如直接在年底報稅的時候主動多付政府一點，順便寄張支票給富邦銀行，這樣可以替大家省下一點麻煩。

這個對彩迷來說兩成五的成本，在英文裡面叫做 Juice，真是一個貼切到不行的用字。就像榨汁機一樣，每賭一次，手上的現金就被榨出汁來，讓莊家吸走。莊家要賺錢，是天經地義的事情，在賭場玩吃角子老虎也會被抽頭。那麼就會有人問，那麼運動彩券跟其他的賭博有什麼不一樣呢？

答案就是賠率，被榨汁的比率。一般來說運動賭盤的賠率是九成，賭客不需要贏到六成的比賽，就可以贏錢。合法的拉斯維加斯賭盤是這樣，遊走法律邊緣的美國海外網路賭盤，或是台灣的非法地下賭盤也都是這個數字。可是在台灣合法化的彩券，就少了一成五彩金。相對於許多政府規定賭場的賠率是訂下限，像是吃角子老虎機最多不能榨掉兩成五（很多賭場在競爭激烈下，都只抽一成不到），用意是保護消費者。台灣運彩的賠率上限規定，保護的是……我只知道不是消費者而已，不知道是誰。

所以我的朋友，也就是那種據說能講中六成就算厲害的分析師說，他眼中的台灣市場，是在運彩開放以後，憑著公開的電視報紙操作，而蓬勃發展的地下賭盤。即時的比數傳送到手機，會員制的運彩分析大師，代客操作，各式各樣的工具書……許許多多的機會，真是商機無限。而這一切本來不能明目張膽做的事情，在運彩開放以後，都可以藉著運彩合法化的外衣下，大做特做。我想很多人還記得，那個用愛國獎券號碼開的大家樂……政府玩政府的，地下用政府的玩自己的。台灣的運動彩券，就跟那個很像。

命中率與失業率

二〇〇九年球季，達拉斯小牛隊的老後衛奇德在生涯助攻的排行榜上，超越了魔術強生，成為史上第三名。奇德在齒危髮禿的卅六歲高齡，除了助攻的表現仍然維持在高檔，更神奇的是他的投籃命中率居然達到生涯的高點。二〇〇八年他的三分球命中率接近五成，二〇〇九年也約有四成，跟十幾年前在三成低檔徘徊相較，這樣的表現真是老當益壯。

不過，跳脫了單純的敘述統計，就完全不是這麼一回事。他只是一個老頭而已。

奇德在球員生涯尾端的高命中率，是因為他不再是球隊攻擊的重心。他在巔峰時期，常常在球隊落後、最後倒數讀秒之際，有孤注一擲的機會；或是在對手的包夾防守下，能夠強行切入進攻，諸如此類，都會讓他的命中率下滑。現在他不輕易出手，緊要關頭的進攻也不再由他操刀，命中率自然就會上升。與其說是老而彌堅，事實上，不過是在敘述統計下，用單一的標準檢視事物的盲點而已。

景氣低迷的當下，人們不斷探索各項經濟指標，尋求燕子來臨的跡象。然而任何數字，就跟籃球的命中率一樣，都會有先天的盲點，甚至是政府刻意的操作。單就從失業率來說，任何修過經濟學的人都知道，狹義失業率的計算並不包括放棄找工作的人口，因此，儘管美國二〇〇九年四月公布的失業率為八．五％，創下廿五年新高，但是廣義的失業率，也就是全部就業人口的失業率，根據報導已經達到一五．六％。

台灣在二〇〇九年三月公布的五．七五％失業率，同樣是嚴重的失真，政府針對指標施政的措施，包括短期的就業促進計畫，或是藉著沒有歐美國家那麼嚴格的勞動法規與工會的強力阻饒，默許企業實施無薪假，都讓真實的失業人口被隱藏起來。針對指數施政並不是錯誤的政策，因為在經濟蕭條的恐慌下，培養民眾對未來的樂觀，的確有促進消費跟擴大內需的正面效果。

可是危險的是，倘若政府習慣了自己創造的美化數字，而忽視指標下的真實世界，那麼人民真正的痛苦難免就會被忽略。已經過世的前救世軍（Salvation Army，大型慈善機構）領袖巴羅斯（Eva Burrows）曾經語重心長的說，政府專注於失業率的經濟衝擊時，往往忽略了失業對社會、道德造成的影響。層出不窮的無差別殺人案件，兇手多出自於無業的邊緣族群，無疑是一大警訊。

倘若小牛隊單單憑藉著奇德的高命中率，開始把進攻的重心交還給他，那麼戰績一定慘不忍睹。事實上，職業教練團手中掌握的數據，是由年薪數百萬的運動統計學家提供，就連簡單的命中率，也會根據各種不同的出手情況作出分析，像是在沒有防守壓力、關鍵時刻或壓哨前倒數等等。而因為有這些詳細的數據，教練才能夠做出正確的決定。同樣的，執政團隊如何擺脫修正過後的假象，深入檢視真實的數據，才是四年一期的政治球季裡，勝負的關鍵。

無從預測的青春無敵

每年三月，在太平洋的彼岸，幾百個年輕的大學生，佔領了觀眾的電視機，這個畫面年復一年地重現，人們稱它做「三月瘋」。這是全美大學（NCAA）籃球季後賽，來自六十八個學校的勁旅，為了總冠軍的榮耀全力奮戰。

三月瘋不只在校園，而是一場全民參與的盛會。電視轉播的高收視率，證明了它受歡迎的程度。事實上，跟大學籃球季後賽相較，擁有全球市場的NBA職業籃球，在美國僅是次受歡迎的籃球聯盟。大學籃球的最後四強賽，收視率超過NBA總冠軍賽百分之三十以上。他們單淘汰的賽制，讓整個季後賽高潮起伏，絕無冷場；相較之下，NBA球員認真程度參差不齊，很多比賽只需要打第四節的最後五分鐘就可以分出勝負。

瘋狂的不只是收視率，從三月上旬開始，將近十分之一的美國人口忙著填預測賽事結果的枝狀表（Bracket），對比賽的勝負組合，做出自己的推斷。六十四強賽開始總共有六十三場比賽，填這個表還挺花時間的，人們卻樂此不疲。這樣說好了，美國總統大選四年一次，最近一屆共有一億兩千萬人參與投票，而這個每年一度的活動，在大型網站送進的枝狀表，粗估高達三千萬張，加上在辦公室或是朋友間私下的填表，四年加起來的人次比大選的投票數多，也比十年一度的戶口普查回報數高出一截。

大部分的民眾是在上班時間參加這個全民運動，昔日以製造業為主流的社會，員工不務正業是公司的惡夢，同事間私下超過百億台幣的賭金不但容易造成麻煩，在絕大多數的州裡，還是違法的行為。這些年來，美國企業的文化受到新興網路公司的影響甚巨，工作與玩樂並重的氣氛，讓公司舉辦預測競賽的情況變得普遍。股神巴菲特這位老派的企業經理人，在二〇一四年還大手筆提出三百億台幣的獎金，要送給作出完美預測的玩家。

十幾天六十三場的比賽，有十九位數以上的勝負組合，假設結果是隨機選取，依據平均的填表人數，要幾千年才會出現完美的預測，難怪巴菲特不擔心獎金被人拿走。當然，大家對自己的主觀意見永遠信心十足，之前三十場左右的球季，球隊的韌性，球員的強弱也有機可循，所以在這些日子裡，統計學家做出迴歸模型，籃球專家分析各隊特性，來自各方的球迷都躍躍欲試，為了下十輩子的富貴送出猜測。

結果，比賽開始八個小時之後，百分之九十六點三的玩家就被淘汰，接著，所有人在第一輪的比賽結束，也就是第二天以後，全部被淘汰。喬治城大學是華府強隊，曾經調教出多位NBA名將，是分區第二種子，將近四分之一的球迷認為他們會打進四強，結果第一天就慘敗給佛州的一間小學校。哈佛去年才拿到創校以來的季後首勝，這回以分區倒數第三名進季後賽，可是竟然又爆冷門，打敗強隊新墨西哥州大，光是這兩場比賽的結果，就讓大部分的人眼鏡碎滿地。

這都是青春無敵。這些年輕人之所以年復一年吸引大家的關心，正是因為沒有人可以預測青春爆發的力量。這個聯盟裡沒有熱火隊把好手齊聚一堂，也沒有馬刺、湖人這些隊史悠久的老店輪流出線，什麼電腦模擬、名嘴預測，都跟不上年輕人的速度。

既然如此，不如放下心中的定見，看看這些他們帶出的火花吧！

我們活在大數據時代

Big Data，「大數據」時代的來臨，已經對許多人們生活的領域帶來影響。簡單地說，「大數據」是指人類在伺服器處理能力大幅提升的現在，對巨型數據分析統計的技術。在最近的這幾年，它已經廣泛地被應用在基因學、社會學、氣象學、生物學等等，這些原本經歷數據瓶頸的學科，因此獲得很大的突破。而在商業的運用上，消費者往昔神祕的面紗，也一層一層地被這個技術剝開，從網路的搜尋習慣，到商品的購買趨勢，遠端的機器，漸漸比我們自己還要了解自己。

靠統計學吃飯的人，很難不對職業運動產生興趣。運動場上即時、大量、多樣又長期的數據特性，是實驗各種模型最好的玩具箱。面臨大數據時代，首當其衝的是職業棒球，幾年前的電影《魔球》說的就是奧克蘭運動家隊用新的統計指數找出物超所值的球員，這兩年來，守備位移在球場被頻繁應用，讓老派棒球人看了直搖頭，亦是新式統計的產物。三十支大聯盟球隊目前共同持有一家公司，叫做MLB Advance Media（MLBAM），計畫在二〇一五年底前完成所有球場的軟硬體建置，屆時，所有球場的動作，都會被攝影機、雷達跟計算軟體覆蓋。目前MLBAM已經在三座球場提供紀錄分析的服務，數據精密的程度可以從《財富》雜誌在四月底的一篇專題報導看出來：

紅人隊的漢米爾頓在對上釀酒人隊的一場比賽，於第八局成功盜上二壘。這個盜壘成功的原因是漢米爾頓在投手出手前，已經離壘一〇．八三呎，然後在投球之後的〇．四九秒就開始衝刺，跑壘的時速一度高達三四．六一七公里，只花了三．〇八秒就抵達二壘，儘管捕手在接到球之後的〇．六六七秒立即傳向二壘，傳球的時速是一二六．八三公里，可是還是來不及……。

這樣的數據乘上億兆倍，就是大數據分析的資料來源。每一場比賽都有不計其數的事件（Events），統計軟體讓球團了解這些事件發生的各種因素，也提供對未來事件發生的預測，棒球的數據革命，由此全面展開。

因為籃球場地相對小很多，NBA更是領先在二〇一四年球季就完成所有場館攝影機的設置，各式數據分析在賽後很迅速地交給各個球團，經理人依此調整球隊攻防的戰術，一些重新定義的效率指數（諸如PIE、PER或是WS），更變成球員評估的重要依據。大數據時代的新統計，早已是現代籃球的顯學。

各種職業運動都逐漸邁向大數據時代，可是，儘管足球是全世界最受歡迎的運動，對這項運動的數字分析，相對之下卻稍微落後。原因很簡單，從正火熱的巴西世界杯轉播就可以看到，足球場上，在很多時候，大家花一個半小時跑來跑去，結果——

什麼事情都沒發生。

對統計學家來說，足球場上缺乏事件的特殊性，讓分析的難度增加很多。棒球有得分／盜壘／全壘打／牽制／失誤，籃球有兩分／三分／罰球／火鍋／助攻，足球卻較少這些單一的事件可供記錄。不過，這個情況在最近開始有很大的改變，足球專家因應大數據時代的需求，替統計學家定義了很多場上的事件，比如說傳球／抄球的嘗試、掌握球的時間、場地控制的範圍等等。依據這些新定義的事件，迪士尼的數據研究團隊在二〇一三年夏天發表了一份頗具分量的報告，可以說是足球大數據時代的濫觴，在英格蘭超級足球聯賽裡，球團已經積極地採用數據公司的服務，希望能夠用「魔球」的技術，發掘物美價廉的球員。

在運動場上，大數據的時代已經全面來臨。不過，我私下對未來的期待，是有一天，我們能夠用數字讓政客的謊言無以遁形：試想，立委甲的經濟影響數據是失業率負〇．三％／房價正五％；立委乙堅決捍衛家庭價值又反對多元成家，這種人在三年內爆發性醜聞的機率是六三％；立委丙出席院會的比率是二五％，不過在非甲級動員時候的出席率，只有三％；政黨A的歷來政見實現率是五〇％，政黨B是二五％……。

這樣的大數據時代，應該會很美好吧。

棒球統計學之外

《聯合報》有一篇翻譯的報導，談到雙城隊的明星捕手茂爾（Joe Mauer）的表現。茂爾到二〇〇九年九月底為止有二十五支全壘打，是球隊攻擊的重心，他的盜壘阻殺率也有二九%，算是不俗的表現。茂爾是典型的強力捕手，從全壘打滿天飛的九〇年代開始，重攻輕守變成捕手的王道。像是帶著四二七支全壘打紀錄退休的皮亞薩（Mike Piazza）就是最佳代表人物。

同一個時期，在ESPN雜誌上，有一篇很好的文章，說的是紅雀隊的捕手莫里納（Yadier Molina）。他是目前聯盟裡，大家公認守備能力最好的捕手。從數據上來看，茂爾將近三成的阻殺率已經很不錯了，可是莫里納的阻殺率超過四成。二〇〇九年球季還有五十幾個不怕死的傢伙試著從茂爾手上盜壘，遇上了莫里納，只有二十六個球員敢嘗試。不過，莫里納在九月底以前，只有五支全壘打，打點也差不多僅有茂爾的一半，在打擊方面，他跟茂爾是天差地遠。

文章的作者這樣寫到：「不過，再厲害的捕手能夠打下的分數，永遠不會超過他能為球隊守下的分數。」文章出刊的時候，紅雀隊目前正在向季後賽挺進，而雙城隊卻只能在五成勝率徘徊，多少也應證了她的說法。這篇文章的作者是大聯盟史上最佳捕手之一，洋基隊的尤基．貝拉的孫女。

儘管棒球統計學已經到了上天下地、無所不包的程度，從球員對勝利的貢獻指數到運氣值，都有不同的公式可以計算，可是還是有許多在球場發生的事情，是不能用數字去解釋的。紅雀隊的新人投手文萊特在一場比賽九局下半，兩人出局滿壘的情況下，遇上了強打貝爾川。球數是兩好球沒有壞球，他接著投出來的是一個內角曲球。對一個新人投手來說，這時候最擔心的會是這個曲球掉到地上，讓三壘上的跑者輕鬆回來得分。文萊特在賽後訪問說：「我一點都不擔心，不管是什麼球，莫里納都可以幫我接住。」而那個曲球緩緩滑入好球帶下緣，讓貝爾川看著球被三振。

最後的那個球，紀錄是投手的一個三振，跟捕手毫無關聯。捕手能夠帶給投手的信心，是不會在紀錄本上出現的，但那卻是勝負的關鍵。而捕手在球場上的運籌帷幄，配球的指揮，也是只有球員自己心知肚明。莫里納能夠知道自己投手的長處，跟對方打者的弱點，然後做出精準的判斷。紅雀隊的投手凱爾羅斯說二〇〇八年一整年他只有四次拒絕莫里納的配球，然後其中三次果然就被打了安打。

所以，在許多教練跟球員的眼中，莫里納是聯盟中最好的捕手。畢竟在任何一個團隊裡面，能夠帶來信心的人，比僅能帶來數字的人更難能可貴。而正值我們的大有為政府如同無頭蒼蠅亂竄，看著報紙跟民調治國的此刻，更是極大的反諷。

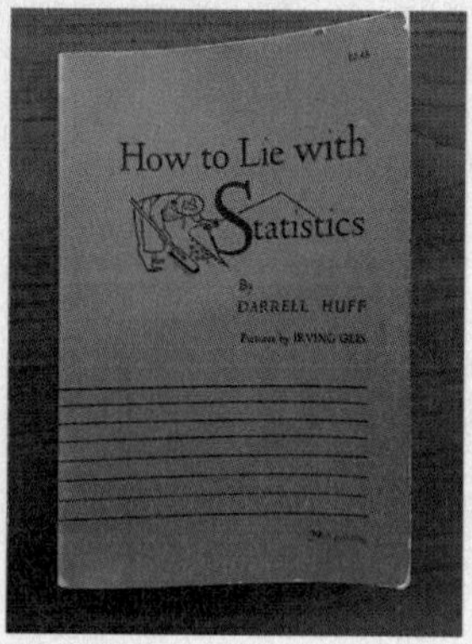

—有趣的統計書

看了這麼多運動統計，是不是覺得頭昏腦脹呢？
在美國工作的第一天，單位的老闆送給我一本書，叫做「How to Lie with Statistics」（如何用統計學說謊），身為公司新來的分析師，收到這樣的禮物，其實不知道該怎麼回應才好，還好那只是老闆開的小玩笑而已。不過，就像馬克吐溫說的：「世界上有三種謊言：謊言、該死的謊言、還有統計學。」如果我們太過依賴數字而忽略人與人之間的差異性，硬要用宏觀的角度套用在每一件值得微觀的事情上，不管大數據不大數據，謬以千里的結果，自然可想而知。

10 跟棒球戀愛的一萬種方式

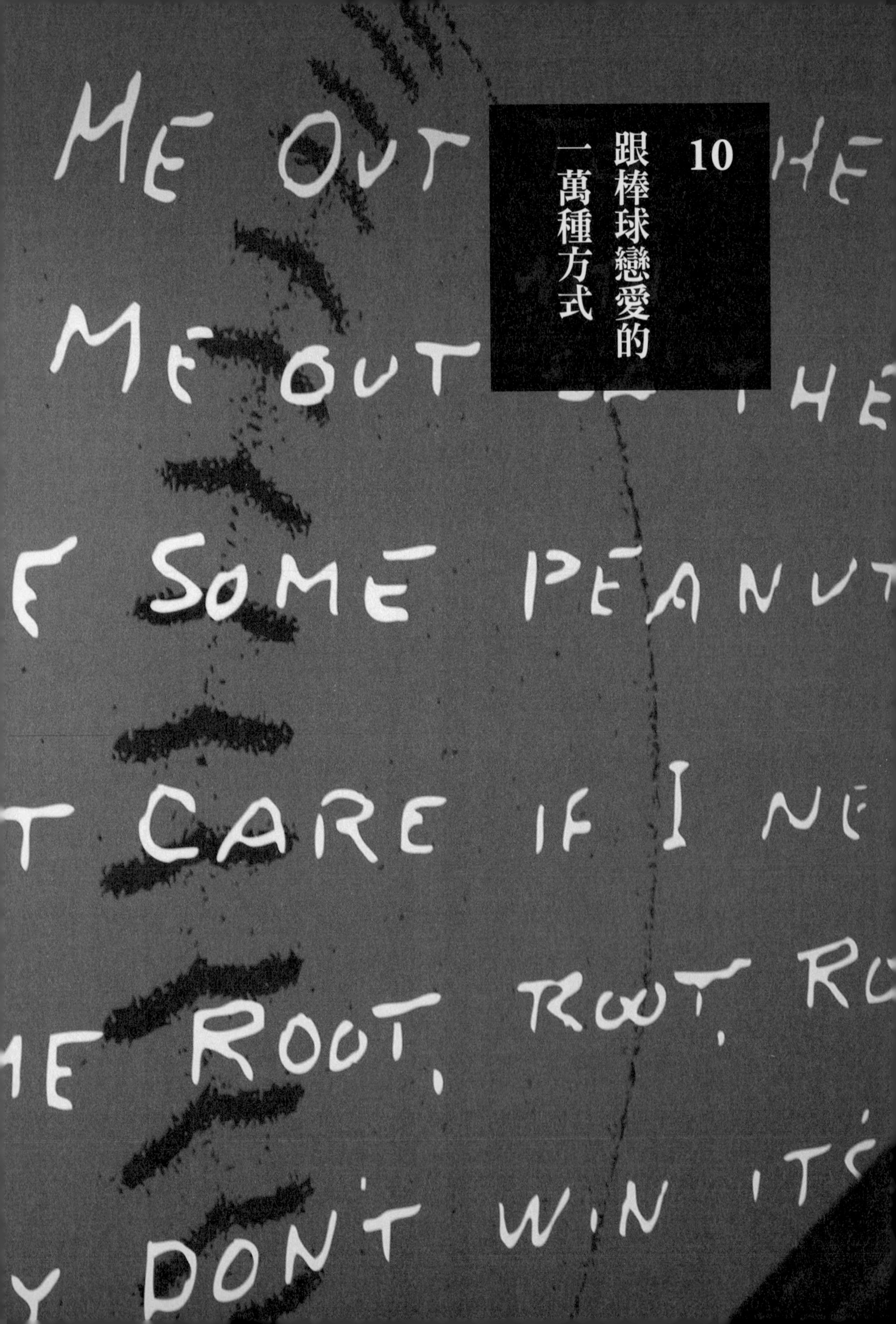

職業運動的迷人之處，並不只有比賽而已。

一場一場的比賽，隨著歲月流過我們的青春，不論比賽的結果是贏是輸，那些動人心弦的緊張畫面，一起觀戰的家人朋友，鋼杯裡熱騰騰的泡麵，球場揚起的音樂，經過時間的沉澱，全部都變成我們的共同記憶。

年復一年的比賽陪伴我們成長，翻開選手的年鑑，他們的風光年代也正是我們的青春年華；耳機裡傳來的音樂，隨時可以把我們帶回那個微風徐徐的午後，球場漢堡薯條的香氣，彷彿都還留在空氣裡；世間經歷的戰爭疾病，人生走過的種種無常，還好有運動比賽的陪伴，讓我們度過那些時光。

而棒球，更因為它是最悠久的職業運動，有很多的電影、書跟音樂，像史詩般記錄過往的風華。不管是重看一部棒球電影，還是在告輸的紀錄每年裡面尋找過往球員的蹤跡，跟棒球談戀愛，有一萬種不同的方式。

謝亞球場的最後一首歌

唱首歌來聽聽吧，彈鋼琴的傢伙／今天就來唱首歌吧／我們現在的心情正好適合一些旋律／而你的歌感覺也剛好。

紐約大都會隊的謝亞球場在一九六四年完工啟用，在二〇〇八年球季結束之後報廢。也就是在那兩年前的夏天，比利．喬帶著他的史坦威鋼琴走進球場，全場超過六萬名的觀眾跟他一起唱著他的成名作〈The Piano Man〉。這是謝亞球場的最後一場演場會，而比利．喬，一個紐約市郊長大的移民後裔，是跟這座球場告別的最佳人選。

在紐約，歷史悠久財力豐厚的洋基隊是鎂光燈的焦點，在皇后區的大都會隊總是給人次等公民的印象，而兩者的觀眾群也因此有了先天造成的區隔，在曼哈頓的上流族群，多數支持天之驕子洋基，而市郊的中產階級或是新移民，卻因為能夠把自己生命的遭遇，投射在大都會隊身上，而有了相互依靠的情感。五十多年前，原本在布魯克林區的道奇隊為了賺更多的錢，拋棄了紐約，投入好萊塢和洛杉磯的懷抱，巨人隊也搬到舊金山，還好有大都會和謝亞球場的出現，適時填滿了球迷們情感上的空缺。

就是這樣，許多紐約人跟著大都會隊一起成長。而不只是球迷，跟著謝亞球場一起長大的，還有搖滾樂。在一九六五年，一群來自英國的年輕人，剛結束席捲歐洲的旋風旅程，來到美國以後，在謝亞球場舉辦了史上首度在戶外運動場開唱的搖滾音樂會。約翰・藍儂還有保羅・麥卡尼的披頭四，就這樣走進新大陸的世界。

「沒有人相信我們會成功，」四歲跟著父親學鋼琴，七歲就跟母親一起被拋棄，在貧窮中長大的比利・喬說。「沒有人相信披頭四可以改變人類的耳朵，沒有人相信我的音樂會受到歡迎，我們就跟大都會隊一樣，是等待奇蹟的中產階級。」而奇蹟總是會在長久等待之後出現，一九八六年世界大賽的第六戰，紅襪隊已經是三勝二敗的聽牌狀況，十局下半兩人出局，紅襪隊專精一壘守備的內野手巴克納硬是在謝亞球場漏接了可以讓比賽結束的尋常滾地球，讓大都會反敗為勝，最後拿下總冠軍，這就是他們相信的奇蹟。

所以在演唱會的尾聲，保羅・麥卡尼踏上比利・喬的舞台，替這個球場寫下句點的時刻，滿場的觀眾熱淚盈眶。這段四十幾年，從起點走到終點的過程，旁人的訕笑怒罵，一路的苦澀艱辛，換來值得或不值得的現在，棒球、音樂，跟人生的界線，早就被我們刻意弄得模糊。當年的孩童現在是社會的中堅，昔日的青年卻已垂垂老矣，Let It Be，Let It Be，麥卡尼跟喬彈著、唱著，那是在這裡的最後一首歌，曾經在這裡輝煌跟凋零的，都一起隨風而去。

嶄新的花旗球場，延續了謝亞球場古羅馬競技場的設計，就在新一年的球季裡隆重開幕。那個被偷走的台北市立棒球場，同樣承載了台北人四十二年的回憶，卻連一個適當的道別也沒有。

PICTURE STORY 紐約大都會隊

紐約大都會的主場是落成於 2009 年的花旗球場（Citi Field），可容納 4.1 萬名觀眾。

1 紐約大都會球場全壘打蘋果

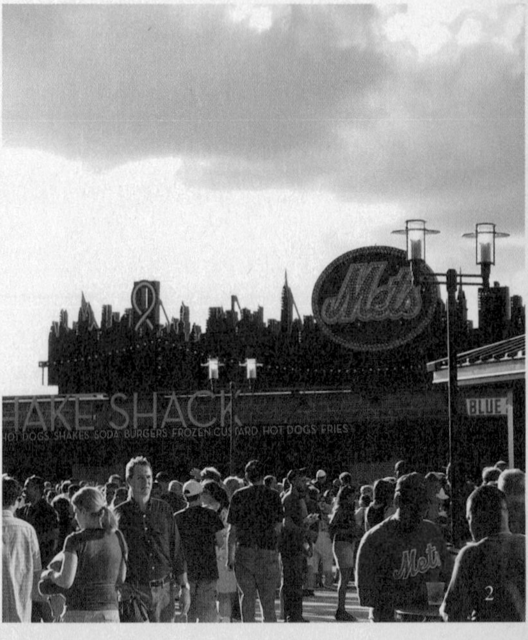

花旗球場的興建耗資 9 億美元，由花旗集團取得冠名權，但是碰到金融海嘯，花旗集團接受政府挹注抒困，所以花旗球場可說是用納稅人的錢蓋的。

1 紐約大都會球場
2 紐約大都會隊球場販賣部
3 紐約大都會球場大廳

REYES

消失的一九八六

一九八六年，我在國中的升學班，過著晝夜不分的日子。隔著一條新店溪的台北市，重要的只有夢寐以求的建國中學，連龍山寺鎮暴警察包圍的五一九解除戒嚴大遊行，圓山飯店民主進步黨的「非法」成立，這些在身邊發生而在後來改變我們生命的事件，都跟那年春天短暫劃過夜空的哈雷彗星一樣，沒留下什麼痕跡。反正，聯考不會考這些。

那年我們錯過的，還有大聯盟世界大賽的第六戰。那個職業運動史上，最重要的第六戰。

十月二十五日，波士頓紅襪隊對上主場紐約大都會隊，三勝領先的紅襪，只要贏這一場就可以破除貝比．魯斯的詛咒拿下冠軍。年輕的未來巨投克萊門斯先發上陣，退場的時候還領先一分。可是換投手之後，八局下半大都會追平比賽。比賽接著進行到十局上，紅襪又拿下兩分，世界大賽冠軍在望。

十局下半卻是紅襪球迷最慘痛的回憶，連續的安打，加上暴投，比數被追平。兩人出局的情況下，外野手威爾森打出一壘方向軟弱的滾地球。整場比賽打擊毫無建樹的老一壘手巴克納擺下手套，準備攔截，紅襪隊的休息區已經迫不及待要衝出來慶祝勝利……。

波士頓在二〇〇三年蓋了全世界最大的斜張橋，Zakim 紀念大橋。這座橋又被波士頓人稱做「巴克納大橋」，用來紀念那個從一壘手巴克納大大張開如倒Y型橋柱的腳下，緩緩滾過去的失誤球。第六場比賽這樣輸了之後，紅襪後來又輸了第七場，世界大賽冠軍就這樣從腳下溜走了。「喜劇，是悲劇加上時間，」馬克吐溫說……要等到十八年以後的秋天，紅襪拿下睽違許久的冠軍，巴克納的悲劇才變成喜劇。

這個令人傷心的場景在波士頓人的腦海裡一再重現，如果克萊門斯繼續投下去，如果後援投手注意到二壘的跑者已經離壘太遠，如果防守能力不佳的巴克納照例在領先情況被替補換下……這麼多的如果，不能改變的是數十個球季以來，紅襪一再輸掉不該輸的比賽帶來的心碎，不能改變的是重播的畫面裡大都會隊的捕手蓋瑞．卡特的笑容。卡特是大都會的精神領袖，在整個總冠軍賽裡，他的表現是球隊後來居上的關鍵。他像少年般的笑容跟強打，是一九八六年最鮮明的映像之一。

也在那年，曾紀恩教練帶領的中華隊在世界盃棒球錦標賽中第三度擊敗古巴，跟南韓並列第二名。當時陣中不動的二壘手是人稱小飛俠的呂文生，他在洲際杯對古巴擊出的全壘打，迄今還令人嘖嘖稱奇。曾紀恩、呂文生，還有整個中華隊，是我們在八〇年代的洋基、國民跟尼克，帶來的是一個執著而純淨的棒球黃金年代。

而在二〇一二年的春天，短短的兩個星期當中，曾紀恩教練和早逝的卡特一起離開人間，呂文生不慎失足離開統一獅，轉眼間，棒球迷一九八六年的一大部分就這樣不見了。往後的無數年間，我們難免被無盡的假設習題似咒怨一般纏繞。如果，呂文生沒有交友不慎；如果，政府可以用刑法跟稅法清除組頭；如果，運彩能有合理的彩金分配吸引賭迷……。遺憾的是，在悲劇停止重演前，喜劇醞釀必須經過的時間，一再被歸零。

棒球，在瘟疫蔓延時

幾個看起來二十歲出頭的小女生著急地擠進吧台，「可以拜託把電視轉到紅襪跟洋基的比賽嗎？」「比賽？距離比賽還有好幾個小時呢，」酒保狐疑地說。「拜託你轉轉看吧，」女生們央求著。

剛過中午的酒吧只有我們幾個人而已，酒保很好心地在頻道之間搜尋。「是了！就是這個！」女生們在轉到ＥＳＰＮ的時候雀躍地大叫，「我們其實根本不在乎這場比賽。今天，是紅襪球場的一百週年，有一場紀念的儀式……」

接下來的畫面在觥籌交錯間，很難分辨現實跟虛幻的成分。儀式開始了，八十歲的老作曲家約翰．威廉斯替老朋友的生日譜了一首新曲，在滿場五萬三千球迷耳邊響起，他在三十幾年前寫的《星際大戰》主題曲，是電影史上最偉大的音樂之一。左外野看台閘門緩緩走出來的是身著十四號球衣的外野手，這是紅襪已經永久退休的背號，只有名人堂球員萊斯可以穿在身上。而從時光之門走出的不只是他而已，終於跟波士頓互相原諒的戰犯巴克納、鐵捕費斯克，所有球員的公敵坎賽柯，彷彿馬上可以回到球場先發的賈斯亞帕拉跟佩卓．馬丁尼茲，九十二歲老游擊手佩斯基，第一個屬於紅襪的黑人球員龐普西．格林，兩百多個曾經讓球迷瘋狂歡呼／憤怒失望／祈禱企盼／終於變成懷念的紅襪球員們，就這樣一個一個魚貫出現。

波士頓紅襪隊芬威球場

紅襪球場綠色巨牆上的坐席

這半個小時的回憶旅程，大部分的時間裡，很多球迷是屏息流著淚的。綠色巨獸牆旁的閘門彷彿變成《夢幻成真》裡的玉米田，誰知道這些球員會不會像那電影裡一樣，在轉瞬間回到二十幾歲的青春年華，拿起手套，回到他們魂牽夢縈的球場。一百年的時光在人物之間不停地穿梭，又彷彿是馬奎斯的《百年孤寂》，江山代有才人出，一代新人換舊人，不變的是在九十呎菱形區域間的流轉，是他們的宿命，也是球迷的宿命。

在這一百年間，人們一如往常地因為自私跟愚蠢，經歷了無數的折磨。在時間把人們高高抬起又重重摔落的過程裡，棒球，是唯一的常數。如果沒有棒球，誰知道那些痛苦要怎樣才會過去？棒球的療傷不只是在美國，在台灣苦尋自我價值的年代裡，在戰後一切蕭條的日本，在深陷徒然而巨大的悲劇輪迴的拉丁美洲，人們抑或拾起球棒，追尋球場內的夢想；抑或在那些美好的午後，在板凳上為自己的英雄加油。像是《夢幻成真》裡老作家說的「猶如沾浸聖水的喜悅」，給人們可以留在記憶裡不斷回收的救贖。

後來，卡洛琳．甘迺迪替這場比賽開球。那曾讓歌手尼爾．戴蒙心動的新英格蘭區的小公主，現在也已經五十幾歲了。那首為她而寫的〈Sweet Caroline〉，在芬威球場的八局下半一如往常地響起，而那幾個紅襪隊迷小女生、費城人球迷酒保跟國民隊球迷的我們，早就已經分道揚鑣。紅襪後來輸了那場比賽，可是，我想經歷過那天的棒球迷們，都是帶著一點點，可以用來面對明天的挑戰的勝利感覺，離開的。

曾經因為失誤而被波士頓球迷憎恨的巴克納，也在全場觀眾的掌聲中回來了，人生還有什麼怨念，是放不下的呢？

因為運動，不老的音樂

「不要停止相信／相信當初的感覺／深夜徘徊的人們啊／不要停止相信……」

女兒在ＫＴＶ的生日派對，跟她一樣十四五歲的小朋友們，一齊唱著這首歌，為有趣的慶生活動畫上句點。在美國的都會區，每逢小朋友的生日，總是讓家長傷透腦筋，通常從小朋友有自己社交圈的那一刻開始，邀請他們的朋友在外面慶祝生日，變成父母被期待完成的家庭責任。不像我們從前過生日只要帶包糖果到學校，就可以打發掉這一天，現在的家長需要絞盡腦汁，精心安排不同的活動。這些年來舉辦派對的場地應有盡有，包括電影院、烘焙坊、陶藝館、棒球場、保齡球場、雷射槍場，只要是能夠讓小朋友忙碌幾個小時的地方，通通被所有家長輪過一遍。

所以今年我們的小女生主動說要請朋友在ＫＴＶ店慶生，不需要煩惱場地的問題，我們都鬆了一口氣。看著她們從舞曲唱到爵士，從流行搖滾唱到鄉村音樂，這群美國高中生享受亞洲特有的休閒活動，是很有趣的一件事情。

更有趣的是，曲終人散前，她們一起唱的竟然是旅行者樂團（Journey）三十多年前的老歌〈Don't Stop Believin'〉，單曲來自一九八一年十月發行的專輯，年紀比這些小朋友們多了不只一倍，可是大家還是琅琅上口。

不過，如果知道這首歌受歡迎的程度，就沒有什麼好驚訝的了。它一直保有在搖滾音樂項目付費下載最多的頭銜，一直到二〇一四年初，才被謎幻樂團（Imagine Dragon）的〈Radioactive〉取代。在黑膠唱片仍是主流，卡匣式錄音機才剛開始時代發行的音樂，竟然在電子化之後還有超過六百萬次的下載，實在是很厲害的成績。

音樂不死，除了因為這首歌在搖滾史上獨特的地位，更重要的原因，是它在棒球場上被賦予的新生命。〈Don't Stop Believin'〉的歌詞很鼓勵人心，二〇〇五年的芝加哥白襪隊、二〇〇八年的洛杉磯道奇隊都是用它當季後賽的加油歌，舊金山巨人隊從二〇一〇年開始的神奇奪冠之旅，更是用這首歌為焦點。電視轉播巨人隊的比賽用它當片尾曲，球迷更是不停地傳唱，「巨人軍的國歌，」人們是這樣說的。對旅行者的主唱史蒂夫・派瑞（Steve Perry）來說，如此的畫面再完美也不過，因為他自己，就是一個巨人隊的超級球迷。

巨人隊在二〇一〇年封王後的遊行，史蒂夫很興奮地一起參加。他不再有年輕時完美的髮線跟身材，圓潤的大叔臉也很難搖滾起來，可是他的音樂，卻隨著巨人軍的風華而繼續流傳。眼尖的球迷收看世界大賽，應該會注意到他幾乎沒有錯過一次主場的比賽，每當巨人隊在八局上半結束，處在落後或是平手的情況下，球場的擴音器就會響起這首歌，史蒂夫本人帶領全場觀眾一起唱著「不要停止相信」，「不要停止相信」，是一幅很動人的畫面。

在舊金山的AT&T球場，旅行者樂團的影子無所不在。〈Don't Stop Believin'〉是八局上半結束，球隊需要加油的歌，而倘若比數領先的話，球場揚起的是他們的另一首〈光〉：

「街燈緩緩地熄滅／曙光在灣區閃爍／我要回到那個都市／如果你覺得孤單／其實我也是一樣／我要回到那個都市……」

史蒂夫在一九七八年加入旅行者樂團，這首為舊金山寫的歌，收錄在他成為主唱後的第一張專輯。他用完美的嗓音，唱出對這個城市的依戀，如果你曾經在AT&T球場聽過這首歌，就能夠體會那種文字無法形容的感動。記得我受到的震撼是在一個微涼的五月，巨人隊跟世仇道奇隊的比賽，八局上半他們終於拿到領先的一分，半局結束，〈光〉從球場的揚聲器傳來，隔壁座位自己一個人帶女兒來看球的媽媽球迷，逐字教她的稚齡小女生跟著唱，那幅景象，連像我一樣遠道而來的旅客，都從心底覺得溫暖。

能夠藉著音樂，跟運動比賽，喜歡自己的城市，是很幸福的一件事。

城市，音樂，跟運動的結合，不止是旅行者樂團跟舊金山。喜歡紅襪隊的球迷，當然不會忘記尼爾·戴蒙的〈Sweet Caroline〉，這首芬威球場專屬的抒情搖滾，是他在四十多年前，為新英格蘭區發跡的甘迺迪家族小公主寫下，在每次主場比賽都依時播放，是十幾年來球迷共享的快樂回憶。二〇一三年波士頓馬拉松爆炸慘案發生，宿敵紐約洋基隊為了表達哀傷，首度在洋基球場請觀眾合唱這首歌，獻給他們北方不幸的朋友，也是很感人的一天。在那段時間，〈Sweet Caroline〉的銷售量比從前多了六倍，後來尼爾把爆炸案之後銷售的版稅，全數捐給受害者。

華盛頓國民隊放的是〈Take on Me〉，挪威樂團A-ha三十年前把動畫跟真人合成的新奇MV，瞬時在腦海浮現（我們真的老了），觀眾唱著「帶我走吧／帶我走吧」的高音副歌，總是難免破音然後一齊笑場，在那刻，大家的煩惱彷彿都可以隨著音樂聲被帶走；堪薩斯皇家隊放的是〈Friends in Low Places〉，鄉村歌手蓋爾斯・布魯克斯（Garth Brooks）用渾厚的嗓音，訴說來自朋友真情的支持是不論出身、不分貴賤的，就像是齊聚在球場的觀眾們。

運動比賽對於音樂的魔力，有時候實在是超乎想像。在二〇一四年，邦喬飛（Jon Bon Jovi）的單曲〈以祈禱為生〉（Livin' on the Prayer）發行三十年後，重回告示牌的流行歌曲排行榜，甚至一度衝上前二十五名，iTune的銷售量也大幅提升。原因竟然是在NBA塞爾提克隊的主場，球場攝影機捕捉到一個看起來很平凡的年輕人傑諾米，聽到球隊放起這首歌，立刻邦喬飛上身跳起舞來，兩分多鐘的表演逗樂了全場觀眾。這段視頻在社群媒體上大量被轉載，結果讓這首老歌又大賣一次。

隨著運動比賽，音樂也能再次受到喜歡。

棒球電影教我的事

魏德聖導演在《賽德克．巴萊》之後拍了一部棒球電影《KANO》，說的是嘉農棒球隊的故事。嘉義農林，在日據時代由近藤兵太郎領軍，在甲子園大賽得過亞軍，是昔日台灣的一流強隊。由台灣人、漢人跟日本人共同組合的球員陣容，也是舊時台灣的一頁剪影。棒球運動的迷人原因之一，就是它跟歷史與庶民生活緊密連結。由棒球悠久衍生的文化產品已經變成主流文化的一部分，電影、文學，甚至是音樂劇，都記錄著我們的生命跟棒球之間密不可分的豐富關係。

我喜歡的棒球電影很多，像是凱文．柯斯納的《夢幻成真》，說的是只要堅持下去，夢想就會莫名其妙地實現的故事。那對年少時代的我來說，看完以後立刻有接收到神諭般的感動，不過，後來才學會，如果夢想太蠢，還是不會實現。其他像是《八人出局》、《對決時刻》、《百萬金臂》、紀錄片《比利．喬的告別演出》，也都是好看的棒球電影。

不過我的私房棒球電影裡，還有一部應該只有少數人喜歡的作品，那是一部電腦動畫片，叫做《洋基小英雄》。這部電影的背景是在一九三二年世界大賽前夕，芝加哥小熊隊的老闆體認，要對付洋基隊的超級強打貝比．魯斯，唯一的方法是把他的球棒偷走。他派自己球隊的投手去洋基球場順手牽羊，可是事跡卻被洋基球場管理員的小孩發現。整部電影就是小男孩把球棒搶回來，然後冒險把球棒從洋基球場送到芝加哥客場的經過。這是墜馬癱瘓的超人克里斯多夫·李維（Christopher Reeve）在病榻上執導的作品，在電影完成前他就逝世了。

如果要仔細去分析這部電影的話，那麼一九三二年洋基陣中有鐵人蓋瑞格·魯等其他偉大的選手，魯斯只是一個即將退休的老球員，他的球棒早就失去了主宰球賽勝負的魔力，小熊隊幹嘛要偷它呢？而且，一支球棒怎麼可能會對球員的打擊有這麼大的影響呢？更奇怪的是，球棒跟球又怎麼可能會說話呢？

可是這是一部給小朋友看的電影嘛。

除了讓全場小朋友都笑得很開心的對白以外，這部電影有很多讓人會心一笑的段落。小男孩途中遇到黑人聯盟的球員，他們在破舊的交通車上教他打擊的要領，還有表演黑人聯盟傳統的隱形棒球，都讓我覺得感動。我很喜歡當小男孩發現洋基已經在世界大賽的最後一場比賽大幅落後，一支球棒已經沒有什麼用處，而決定要放棄的時候，球棒跟他說的話。

「你要想，你經過千辛萬苦到芝加哥，是為了什麼？其實並不是為了洋基的勝負，不是嗎？你本來是想要保護自己的爸爸，讓他不會因為球棒遺失而受到處罰。既然是這樣，當初的目標，不應該因為洋基要輸球而改變。你是因為你的家人來的，而不是其他的原因。」

說的其實就是「初衷」這兩個字。我相信，當我不知道事情應該繼續或是結束的時候，就要好好問自己，對於這件事，自己本來的初衷是什麼。

如果初衷還成立，就沒有放棄的理由。

這《洋基小英雄》原名是《洋基隊的厄文》（Yankee Irving），在上映前改名為《Everyone's Hero》，用來紀念對這部電影效力最多的超人克里斯多夫·李維。現在每年都有好多部超級英雄電影上映，可是，對八年級以前的人來說，大螢幕上的Hero只有一位，就是克里斯多夫·李維。

少年坎姆，與他找回的棒球史

在波士頓的郊區，有一位叫做坎姆．培倫（Cam Perron）的少年，他從八歲開始打棒球，也愛上收集棒球卡與簽名。年紀小小的坎姆很快就發現在球場跟大聯盟球員要簽名，是很困難的一件事情，朋友告訴他一個辦法，把棒球卡附上回郵信封寄給他們，這樣拿到回覆的機會，比在球場高得多。

他照著做了，結果發現最常回信的，其實是退休的球員，尤其是那些在五〇／六〇年代出賽的老球員，因此，他開始收集退休球星的簽名。在他十二歲的時候，知名的球員卡公司剛好推出一系列的老球員懷舊卡片，其中包括幾位昔日黑人聯盟的明星球員，這些球員大部分都因為種族隔離的時空背景，沒有在大聯盟上場的機會，他們的職業生涯僅僅是無止境的巴士征途，經常需要一天比賽好幾場，不管有多麼驚人的身手和紀錄，都在棒球史上被遺忘。

坎姆寫信跟這些黑人聯盟的球員要簽名，平常乏人注意的老球員們，很快就回信給坎姆。他對黑人聯盟的歷史發展出極大的興趣，在跟更多球員信件往返的過程，發現他們大部分沒有留下自己的紀錄，沒有報導，沒有照片，當然連棒球卡也沒有人做過，更糟的是，都早就跟過去的隊友失去聯絡。坎姆下決心去改變這個情況，他從報紙的縮影片找出球員當時的成績，自己用電腦印出棒球卡，找到球員的聯絡方式，盡力把失去的歷史還給他們。在十五歲的那年，坎姆就已經不再是業餘的棒球卡收藏家，而是一個黑人棒球聯盟的歷史研究者。

念高中的時候，坎姆跟其他成年的同好，首度舉辦黑人棒球聯盟的年度聚會。幾十年沒有見面的老球員們，因為他的努力，終於能夠齊聚一堂話當年，不但讓這些球員重溫舊時的回憶與友情，更讓他們能夠和崇拜自己的年輕球迷見面，享受當年沒有機會體驗的偶像感覺。

職棒大聯盟對昔日曾經在黑人聯盟效力四年以上的球員，有一筆退休金的補償措施，一年一萬美金的數字雖然不大，對很多從棒球場黯然離開，也沒有其他謀生能力的遲暮老人來說，卻可以是很重要的收入來源。然而，坎姆發現，不少老球員根本不知道有補償金可以申領，就算想要申請，也苦於沒有辦法證明自己當年曾經在黑人聯盟出賽。坎姆這些年來因為興趣，努力替球員們發掘的紀錄，竟然變成最好的證據，幫忙他們拿到屬於自己的補償金。就這樣，坎姆從一個收集球員卡的八歲小男孩，變成黑人聯盟球員們忘年的好友。

現在的坎姆，才只是二十歲的大學生，二〇一四年初他受邀在 TED-ED 演講，以上短短五分鐘的故事，感動了許多的聽眾。這段故事，應該遲早會被改寫成劇本，搬上大螢幕。

其實，如果有機會靜下來想一想，在你我每一個人的世界裡，值得花心血去研究的興趣，有趣的事物其實俯拾皆是。如果我們把更多的空閒時間花在值得我們關心的事情上面，或許我們能替這個世界還有我們自己的人生，找回更多的意義。

洋基球場貝比魯斯紀念區（同期黑人聯盟球員沒有歷史）

在球場，跟歲月的道別

在坦帕機場的時候，身旁的白人老先生看了看我們身上的衣服，「你們來看金鶯隊的春訓嗎？」

感覺上整個佛羅里達州西南的灣區，都是和職棒春訓有關的人潮。租車公司的車被訂完，旅館也漲價了，每個有球場的市鎮，開賽和散場時段交通變得擁擠起來；酒吧裡許多跟球賽有關的促銷，餐廳裡的話題經常離不開各隊的選手名單，空氣裡濃厚的棒球味道，瀰漫在灣區的每個角落。在這裡遇到的人，通常都是來看球的，我們是，老先生也是。

雖然是陌生人，興趣相同還是有聊不完的話題，他說自己很欣賞陳偉殷，我們告訴他這星期去了七個不同的球場看球，他點頭表示棒球迷就應該這樣享受春天，「有去邱比特市嗎？」他問。很惋惜地回答，我們沒有機會到邱比特看馬林魚隊的比賽，儘管那是最想去的球場，不過距離太遠，並沒有成行。「啊，真是可惜，我這回也沒有去成，不過月底會再回來，真的要看到鈴木一朗才行，」老先生說。

他接著說：「一朗是我這輩子最喜歡的球員，本來好希望金鶯隊簽他下來。」聽到這句話，不禁感覺好像有人跑進我心裡，把想說的話掏出來一樣：鈴木一朗已經四十一歲，雖然經常說自己還很年輕，並沒有想到退休，可是二〇一五年在馬林魚，很可能就是他的最後一年，球迷們對這殘酷的現實其實心知肚明。大聯盟官網有一則新聞，故事是東京來的球迷鈴木辰基（譯），飛了一萬多公里，就為了看他在邱比特市的春訓……。這種心情，其實我們都懂。

用自己的方式，跟歲月道別的心情。

一朗在球場上征戰廿三個年頭，對每位球迷來說，都是人生很長的一個階段。這些年裡一場一場的比賽，隨著歲月流過我們的青春，不論比賽的結果是贏是輸，那些動人心弦的緊張畫面，一起觀戰的家人朋友，鋼杯裡熱騰騰的泡麵，球場揚起的音樂，經過時間的沉澱，全部都變成我們的共同記憶。

記憶的背景，或許是神樣的一朗、或許是已經退休的基特、或許是王建民、或許是陳偉殷，不變的是他們年復一年的比賽陪伴我們成長……翻開選手的年鑑，他們的風光年代也正是我們的青春年華；耳機裡傳來的音樂，隨時可以把我們帶回微風徐徐的午後，球場漢堡薯條的香氣，彷彿都還留在空氣裡；世間經歷的戰爭疾病，人生走過的種種無常，還好有棒球的陪伴，陪我們度過那些起起落落的時光。

更別忘了我們還有台灣職棒，還有自己鄉土的回憶啊。我們的島嶼上，彭政閔，從火星來訪的天生好手，現在已經卅六，地球的萬有引力難免在他身上留下歲月的痕跡；張泰山，十九歲就加盟味全龍的毛頭小子，今年已經卅八，頭也早就不毛。就在不遠的未來，我們會回憶起這些屬於我們的選手與時光，感嘆消逝的青春年華。說真的，曾是棒球迷的你，不管身在何處，怎能不回到球場跟大夥一齊吶喊，跟自己的歲月，適當地道別呢？

美國職棒的春訓從二月底開始，三月份的時候，卅支球隊分別在亞利桑那州的仙人掌聯盟，以及佛羅里達州的葡萄柚聯盟展開一系列的熱身賽。在佛州西南的灣區，以坦帕（Tampa）為中心點，兩小時的距離總共有十座各具特色的球場。除了棒球以外，這兩小時的圓弧裡還有佛州特有的沼澤生態保護公園，東邊是迪士尼樂園、環球影城，西邊是一望無際的白沙海灘，非常適合闔家旅遊。

二〇一五年，我們完成了一段七天／七座球場，充滿回憶的旅行。喜歡棒球，安排一趟春訓之旅吧！

國家圖書館出版品預行編目資料

關於運動，我想的其實是……／方祖涵著. --
初版. -- 臺北市：遠流，2015.07
面；　公分. --（綠蠹魚；YLI003）

ISBN 978-957-32-7652-4(平裝)

855　　　104009200

綠蠹魚 YLI003

關於運動，我想的其實是……

作者／方祖涵
副總編輯／吳家恆
編輯／傅士哲、黃嬿羽
封面設計／張士勇
篇頁、PICTURE STORY／林秀穗

發行人／王榮文
出版發行／遠流出版事業股份有限公司
地址：臺北市南昌路二段 81 號 6 樓
電話：(02) 2392-6899
傳真：(02) 2392-6658
郵撥：0189456-1

著作權顧問／蕭雄淋律師
排版／中原造像股份有限公司
2015 年 7 月 1 日　初版一刷
新台幣定價 360 元（缺頁或破損的書，請寄回更換）

ISBN：978-957-32-7652-4

YLib 遠流博識網
http://www.ylib.com
E-mail: ylib @ yuanliou.ylib.com.tw